FUGA DA CARTOLA

ADAM KLINE E BRIAN TAYLOR

FUGA DA CARTOLA

Tradução
Karla Lima

Traduzido do original em inglês
Escape from Hat

Texto
Adam Kline e Brian Taylor

Editora
Michele de Souza Barbosa

Tradução
Karla Lima

Preparação
Walter Sagardoy

Produção editorial
Ciranda Cultural

Diagramação
Linea Editora

Revisão
Fernanda R. Braga Simon

Ilustrações
Bryan Taylor

Dados Internacionais de Catalogação na Publicação (CIP) de acordo com ISBD

K654f	Kline, Adam.
	Fuga da Cartola / Adam Kline ; traduzido por Karla Lima ; ilustrado por Brian Taylor. - Jandira, SP : Ciranda Cultural, 2023.
	192 p. : il ; 13,50cm x 20,00cm.
	Título original: Escape from Hat
	ISBN: 978-65-261-1020-1
	1. Literatura infantojuvenil. 2. Aventura. 3. Coelho 4. Gato. 5. Amizade. 6. Diversão. I. Taylor, Brian. II. Lima, Karla. III Título. IV. Série.
2023-1276	CDD 028.5 CDU 82.93

Elaborado por Lucio Feitosa - CRB-8/8803

Índice para catálogo sistemático:
1. Literatura infantojuvenil 028.5
2. Literatura infantojuvenil 82.93

Publicado mediante acordo com a HarperCollins Children's Books, selo da HarperCollins Publishers.

© 2023 desta edição:
Ciranda Cultural Editora e Distribuidora Ltda.

1ª edição em 2023
www.cirandacultural.com.br
Todos os direitos reservados.
Nenhuma parte desta publicação pode ser reproduzida, arquivada em sistema de busca ou transmitida por qualquer meio, seja ele eletrônico, fotocópia, gravação ou outros, sem prévia autorização do detentor dos direitos, e não pode circular encadernada ou encapada de maneira distinta daquela em que foi publicada, ou sem que as mesmas condições sejam impostas aos compradores subsequentes.

*Para o menino que só tinha azar,
e para o gato preto que escolheu ser bom.*

CAPÍTULO UM

Cecil Bean tinha tanto sorte quanto azar.

Uma vez, uma menininha jogou um pedaço de chiclete de melão todo babado da sacada do apartamento dela, no quarto andar, e ele caiu na cabeça de Cecil – um incidente particularmente desagradável, dado que Cecil era alérgico a melão. Quando ele espirrou, foi tão forte que folhas caídas e restos de lixo saíram voando loucamente, e uma parte especialmente grande do jornal local grudou bem na lateral do coco dele.

Mas, pelo canto do olho, Cecil viu que o dono da Barbearia Garoto Descolado tinha colocado um grande anúncio no jornal. Em homenagem ao sesquicentenário do salão, todos os meninos chamados Cecil receberiam um corte de cabelo grátis, cortesia do melhor barbeiro da casa.

Quando Cecil saiu da barbearia com o cabelo recém-cortado, a lançadora do chiclete olhou para baixo, da sacada de seu apartamento no quarto andar, e imediatamente decidiu que meninos eram substancialmente mais interessantes do que ela achava antes.

– Ei, menino! – ela gritou para Cecil. – Gostei do corte da juba!

Esse era o tipo de sorte que Cecil tinha. Acontecia uma coisa terrível, e daí uma coisa bem legal sempre acontecia em seguida. Mas, quanto a *por que* ele tinha esses extremos de sorte e azar, Cecil não fazia ideia. A maior parte das pessoas não faz.

O azar era culpa de Millikin.

Veja bem, toda pessoa, no mundo inteiro, é perseguida por seu próprio gato preto pessoal. E Millikin era o de Cecil. A missão de Millikin era cruzar o caminho de Cecil com tanta frequência quanto conseguisse. Porque, cada vez que ele fazia isso, alguma coisa ruim acontecia a Cecil. Às vezes, as coisas ruins eram relativamente sem importância, como não saber onde tinha deixado a chave do cadeado da bicicleta ou colocar pimenta no sanduíche de manteiga de amendoim.

Os gatos pretos não vêm do nosso mundo. Eles vêm de um reino escuro e sombrio e só ficam no nosso mundo durante o horário comercial, quando trabalham cruzando nossos caminhos e aprontando brincadeiras de mau gosto. Millikin gostava de seu emprego. Por outro lado, não gostava de Leek.

Leek seguia Cecil para todo lado, porque Leek era o coelho da sorte pessoal de Cecil. (Todo mundo tem um, é claro, mas nós quase nunca os percebemos, porque eles são excepcionalmente espertos.) Cada vez que alguma calamidade atingia Cecil Bean, Leek se esfregava na barra da calça dele, e tudo ficava instantaneamente nos trinques – ou até melhor do que nos trinques, como no já mencionado caso do incidente com o chiclete.

Leek era o septingentésimo septuagésimo sétimo filho de um septingentésimo septuagésimo sétimo filho, o que fazia dele um coelho da sorte especialmente mágico. Mas Leek não vinha de um reino misterioso e sombrio como Millikin. Leek vinha do jardim atrás da pequena casa dos Beans, onde morava em uma toca aconchegante, logo à esquerda do pé de acelga chinesa.

Como Millikin, Leek adorava seu trabalho. Ao contrário de Millikin, ele amava Cecil Bean com cada fibra de seu corpo. Se dependesse apenas dele, Cecil nunca teria nenhum azar, mas não dependia. Assim, dada a velha rixa entre os gatos pretos e os coelhos da sorte, Leek simplesmente não tinha escolha, a não ser sempre manter um olho vigilante em Cecil e o outro em Millikin. Leek dizia para si mesmo:

– O Millikin é um salafrário – (que é uma palavra complicada para "malandro". Se Leek conhecesse palavras ainda mais complicadas para salafrário, teria usado uma delas também).

Millikin, por sua vez, já tinha suportado basicamente tudo o que podia das interferências feitas por Leek. Era tudo tão terrivelmente frustrante! Quando Millikin maquinava uma tempestade para encharcar Cecil até a cueca branca, Leek fazia aparecer uma capa de chuva amarela, brilhante e ainda por cima com botas combinando com elas. Quando o gato tramava uma catapora para arrasar as férias de Cecil, Leek respondia com uma linhagem rara de imunoglobulina conhecida como *Vulpes carnivorous*, que imediatamente devorava a catapora toda. E, quando Millikin dava um jeito de rodear a casa dos Beans com um círculo de cocô verde e fumegante de cachorro, de modo que Cecil com toda a certeza pisasse em um dos vários montinhos, Leek arranjava um enxame de besouros rola-bosta, que faziam bolas miúdas e caprichadas, rolavam-nas para longe e jogavam bocha com elas.

Depois de uma vida de derrotas, Millikin já tinha aguentado o suficiente, em grande parte porque isso o deixava profundamente infeliz. Millikin conversou muito com o psicólogo, o qual concluiu, com bastante lógica, que Leek era a raiz do problema. Pois, a cada perda esmagadora, a confiança de Millikin diminuía, sua autoimagem murchava, e só o que sobrava era uma sensação incômoda de "fastio", que é uma palavra complicada para "tédio". Era tudo culpa do Leek, o psicólogo tinha afirmado. Millikin nunca conheceria a verdadeira alegria enquanto aquele coelho mágico intrometido continuasse destruindo todos os seus planos.

Foi quando Millikin teve A Ideia Mais Sinistra De Sua Vida [MR].

O que aconteceria, perguntou-se Millikin, se ele cruzasse o caminho de Leek, em vez de cruzar o de Cecil?

Bem, foi mais ou menos nessa época que um tipo muito interessante de trailer saiu das Florestas do Norte e, estalando e estrepitando assustadoramente, abriu caminho até o centro da cidade. Ao contrário de um trailer normal, este não era vermelho-carmesim e dourado brilhante, nem repleto de acrobatas, chapéus de papel e refrigerantes quase duros de tão gelados. Não, pelo contrário, esse trailer era empoeirado, cheio de crostas e puxado por uma coisa frágil, um riquixá raquítico montado como um pangaré com partes de um Corvair Chevrolet. Só o que havia nesse trailer eram uns poucos truques de salão de terceira categoria e um velho tratante que se dizia mágico. Seu nome era Grande Imbróglio, e na cabeça ele usava uma cartola preta que na verdade não lhe pertencia, mas que estava, naquele momento, em seu poder.

FUGA DA CARTOLA

Na manhã seguinte, Leek emergiu de sua toca no jardim e se preparou para ir trabalhar. Ao mesmo tempo, Cecil estava saindo da pequena casa dos Beans, e Leek decidiu que faria tudo a seu alcance para que o menino tivesse um dia extraordinariamente sortudo, talvez incluindo até bombas de chocolate. O coelho mágico então saltou para seguir Cecil, enquanto o menino ia cuidar de seus afazeres.

O que Leek falhou em perceber foi que, logo à sua frente, uma forma felina escura e sombria tinha cruzado seu caminho, traçando uma linha invisível de má sorte que Leek, sem querer, atravessou.

Precisamente seis segundos depois, Leek viu O Nabo.

Ele estava simplesmente sentado ali, tão grande que você nem imagina, soltando para o mundo todo o aroma de nabo mais delicioso que já existiu. Conforme o saboroso perfume do nabo flutuou convidativamente na direção de Leek, seus bigodes tremeram, e seu estômago roncou de um jeito um tanto escandaloso.

– Seria um desserviço para o Cecil – raciocinou Leek – se eu não me fortalecesse com esse nabo.

Mas, quando Leek puxou o nabo, que era realmente um espécime da mais alta qualidade, tudo ficou escuro. O nabo, você entende, era mais do que apenas um nabo. Era uma isca.

Nem é preciso dizer que o dia não correu nem um pouco bem para Cecil. O menino não conseguia se lembrar de um dia mais azarado em sua vida! Millikin considerou uma grande vitória que, ao chegar em casa no fim do dia, Cecil tivesse ralado o joelho, dado uma topada com o dedinho do pé e perdido quase todas as bolas de gude, por causa de buracos em cada um de seus bolsos. Cheirando francamente muito mal depois de um encontro casual com um gambá muitíssimo possessivo com seu território, o pobre Cecil Bean havia, inclusive, encostado em uma espécie rara de hera venenosa que, fosse qual fosse a razão, só afetava o bumbum da vítima.

A única coisa que poderia talvez ter salvado o dia de Cecil era o Show de Mágica.

Todas as crianças do vilarejo estavam alvoroçadas quando o sol se pôs, carregado de presságios, sobre a cidade – uma multidão de tamanho considerável reunida ao redor do trailer misterioso de Grande Imbróglio, que emergiu do meio de uma explosão de fumaça púrpura.

– O meu nome é Grande Imbróglio, e sou um mágico famoso.

– Urra! – berrou a multidão.

– Urra! – gritou Cecil, distraidamente coçando o bumbum.

– E, agora – sibilou Grande Imbróglio –, vamos começar o espetáculo!

Infelizmente, o espetáculo de Imbróglio era tudo, menos mágico. As cartas do baralho dele estavam claramente adulteradas. A Esfera Mística de Levitação pendia obviamente de fios. E os longos lenços coloridos que ele tirava do pulso estavam evidentemente enfiados na perna da calça. Muito antes que Grande Imbróglio chegasse perto de seu melhor material, a multidão começou a protestar.

– Embusteiro!

– Charlatão!

– Vigarista!

– Enganador!

– Paspalhão!

Estava dolorosamente claro para todos os ali reunidos que Imbróglio não era Grande nem por todo o esforço de imaginação do mundo. O que ninguém tinha como saber, ao menos não por enquanto, era que eles *estavam* na presença de algo verdadeiramente especial, maravilhoso e profundamente mágico. Pois, se por um lado o próprio Imbróglio era sem dúvida apenas comum – em bem abaixo da média quanto à higiene pessoal –, por outro ele tinha algo bastante extraordinário na manga. Ou melhor, na cabeça.

– Silêncio!

Alguma coisa na voz de Imbróglio era tão horrível, tão arrepiante, que até o cara musculoso no fundão achou melhor parar de flexionar os peitorais e de chamar as pessoas de "paspalhonas".

– Para o meu truque final, vou precisar de um voluntário da plateia.

Cecil Bean levantou a mão que não estava ocupada coçando os fundilhos.

– Você aí, menino! Suba aqui.

Cecil subiu. E, quando chegou ao palco, Grande Imbróglio lhe entregou sua cartola.

– Você diria, meu rapaz, que esta é uma cartola absolutamente normal? Você diria que nunca inspecionou uma cartola mais normal em toda a sua vida?

Cecil inspecionou a cartola. Era funda e preta, com um forro vermelho brilhante. Porém, a não ser por cheirar um pouco como Grande Imbróglio, ela certamente parecia bastante normal. Então Cecil concordou com a cabeça, reconhecendo a aparente normalidade da cartola.

– E você diria, caro rapaz, que ESTE é um coelho normal?

Grande Imbróglio vasculhou as pregas do casaco e do meio delas tirou um coelho, segurando-o pelas orelhas.

Era Leek.

Cecil olhou para Leek, e Leek olhou para Cecil. O menino sentiu que os olhos do coelho tinham um aspecto de grande tristeza, e não conseguiu afastar a sensação de que, de algum jeito, ele parecia familiar. Mas Cecil não podia negar que, tirando isso, o coelho parecia tão normal quanto a cartola. O mágico disse:

– Muito bem. E agora, cidadãos desta patética cidadezinha nos cafundós do judas, observem a grandeza

de Imbróglio! Observem enquanto pronuncio encantamentos ancestrais na há muito esquecida língua dos místicos! Observem, espantem-se – com essa última parte, o velho cochichou apenas para Leek – e *tome cuidado*.

Grande Imbróglio enfiou Leek na cartola. Quando Cecil espiou lá dentro, só um instantinho depois, o coelho tinha desaparecido.

A multidão ficou boquiaberta de assombro. Ora, *aquilo sim* era um truque de mágica.

Cecil esperou com toda a paciência enquanto o mágico se curvava, acenava e andava triunfalmente de um lado a outro. Mas Cecil acreditava que paciência é uma virtude apenas em determinados momentos, e aquele não era um desses momentos. Então ele puxou uma ponta do casaco do grande mágico.

– Quando você vai trazê-lo de volta? – Cecil perguntou.

Os olhos de Grande Imbróglio se apertaram; ele olhou para baixo e encarou Cecil da mesma forma como se olha para a parte de trás de uma minhoca peluda depois de se morder a parte da frente em uma maçã.

– O espetáculo acabou – ele declarou.

E com isso o trailer saiu imediatamente da cidade. Veja, Imbróglio escolheu não admitir que, na verdade, não fazia a menor ideia de como trazer coisa nenhuma, menos ainda Leek, de volta da cartola. Que, conforme você verá em breve, nem mesmo era *dele*.

Leek gritou enquanto caía. Ele caiu por tanto tempo que acabou precisando inspirar bem fundo e começar a gritar tudo de novo. Por fim, Leek espiou para baixo, para uma grande mancha branca que crescia cada vez mais. Depois, um bocado mais rápido do que ele esperava, Leek mergulhou de cabeça na brancura que, no devido tempo, revelou ser neve.

Leek ficou sentado por um momento e olhou ao redor, espanando a neve dos bigodes. À sua volta, em todas as direções e até onde o olhar alcançava, havia neve. Ele tinha caído em uma planície interminável da mais absoluta solidão, com exceção de um único pontinho preto que parecia estar se movendo bem devagar no horizonte. Leek encarou o pontinho e pensou em Cecil, considerando todas as terríveis reviravoltas do destino que agora iriam certamente atravessar o caminho dele, e desejou com toda a força não ter se importado com aquele nabo.

Então o pontinho parou, e Leek teve a clara impressão de que ele o estava observando de volta. O que de fato estava.

Precisamente seis segundos depois, o ponto estava parado na frente dele. Mas, agora que estava tão perto, dificilmente era um ponto. Era claramente um monstro.

O monstro estava sobre ele, arrotando vapor de uma variedade de orifícios. Daí um buraco se abriu no centro da cabeça do monstro, e um gato preto espiou para fora.

– Intruso! – gritou o gato (o que é uma palavra complicada para falar de alguém que está onde não deveria).

O monstro com o gato na cabeça levantou um casco que era maior, Leek pensou, do que a casa inteira dos Beans. E Leek congelou, que é uma coisa que coelhos fazem quando estão tão assustados que o sangue gela em suas veias, um estado que transforma uma criatura normalmente rápida em algo tão ágil quanto um cubo de gelo médio.

Porém, quando o casco se moveu para atacá-lo, Leek sentiu um puxão forte vindo de sob a neve. De um jeito totalmente inesperado, o coelho se viu sendo puxado para o fundo, atravessando a neve, até um túnel baixo, que tremeu violentamente quando o casco monstruoso golpeou o chão de gelo lá em cima.

Uma coelhinha parou diante de Leek e cochichou:

– Não é seguro andar sozinho na superfície. Os Turvo-Curvos estão sempre vigiando.

– Desculpe – disse Leek –, mas acho que me perdi. Eu sou responsável por um menino chamado Cecil Bean, que mora em uma casa na colina. Eu mesmo moro no jardim da família Bean, em uma toca aconchegante logo à esquerda do pé de acelga chinesa. E é absolutamente imperativo que eu volte agora mesmo para o meu menino. Nem consigo imaginar o azar terrível que ele deve estar tendo sem que eu esteja por perto para salvar o dia!

– Todos nós perdemos os nossos humanos – falou a coelha, virando-se para a escuridão e acenando para que Leek a acompanhasse.

Depois ela parou e olhou para trás, encarando Leek com um olhar que fez os bigodes dele estremecerem.

– Meu nome é Morel – cumprimentou a coelha. – Bem-vindo à Cartola.

Ao mesmo tempo, Cecil Bean, em um mundo absolutamente à parte, pisou num monte enorme de cocô verde e fumegante de cachorro. Sim, a sorte dele tinha mudado para pior.

CAPÍTULO DOIS

Leek seguiu Morel através de uma série de catacumbas escavadas no gelo antiquíssimo. Fazia tanto frio que Leek conseguia enxergar a própria respiração! Minúsculos pingentes de gelo até se formavam nas pontas do bigode dele, uma coisa que jamais havia ocorrido em sua toca aconchegante no jardim.

Dali a pouco, os túneis acabaram, desembocando em uma grande caverna de gelo de safira, que brilhava à luz dourada das tochas de fogo. A caverna, para imensa surpresa de Leek, estava repleta de centenas de coelhos, que viraram a cabeça para olhar para ele, curiosos. Leek olhou timidamente de volta e se manteve perto de Morel, que o levou até uma cadeira rústica na qual estava sentado um coelho muito velho.

– Ancião – disse Morel, curvando a cabeça em sinal de respeito –, mais um caiu do céu.

O idoso levantou os olhos negros e encarou Leek, e Leek teve a clara impressão de estar sendo inspecionado por fora e por dentro. Em seguida, o coelho idoso suspirou, profunda e tristemente, e falou.

– Eu sou Komatsuna – ele falou. – O primeiro a vir para a Cartola. Muitas luas se passaram desde que fui capturado pelo nefando Imbróglio, e muitas luas mais ficaram cheias e minguantes enquanto meu clã crescia. Aqui, sob o gelo, nós buscamos proteção dos Turvo-Curvos e esperamos, sem esperança, pela salvação. Eu lhe dou as boas-vindas.

– Muito obrigado – rouquejou Leek –, mas temo que não possa ficar. O senhor compreende, eu sou responsável por um menininho chamado Cecil Bean, e simplesmente preciso voltar para ele agora mesmo.

– É impossível – disse Komatsuna. – Da Cartola não há volta. Você e o seu humano, Bean, estão condenados.

Leek não gostou muito de como aquilo tinha soado, e se virou para encarar, espantado, o clã de Komatsuna.

– Mas há centenas de vocês! Está querendo dizer que todos vocês abandonaram seus humanos? Pense no azar terrível que eles devem estar tendo!

– Nem todos perderam seus protegidos – respondeu Komatsuna. – Apenas uns poucos de nós já viveram entre os humanos, e desde então nós nos multiplicamos.

– En... tendi – Leek gaguejou, tentando bravamente entender a situação. – Mas tem de existir *algum* caminho de volta – ele ponderou. – Sempre existe um caminho, com sorte!

Morel observou Komatsuna com toda a atenção, perguntando-se se ele se atreveria a falar sobre O Único Caminho Que Existia.

O entristecido coelho idoso fechou seus tristes olhos pretos e refletiu profunda e tristemente.

– Dizem que existe um caminho – falou Komatsuna, em um sussurro. – Um caminho que atravessa a Grande Tinta. Muito além da Selva Maldade Primitiva, através das Grutas de Má Reputação. Ali, bem além

do alcance da sorte, fica a fortaleza dos gatos pretos. Ali, em uma terra árida e desolada, sem folha nem raiz, dizem que existe um caminho.

– Bem, isso não parece tão difícil – disse Leek, as orelhas estremecendo de otimismo.

– Ali, no próprio coração daquela cidadela abandonada pela sorte, existe uma torre. E dizem que, de dentro dela, um coelho pode voltar para seu humano através de *mágica*. Mas muitos foram em busca da torre, e nenhum jamais a alcançou.

– Eu a alcançarei – falou Leek. – Eu preciso. Por Cecil Bean.

– E como vai alcançá-la, meu jovem, sem sorte? – perguntou Komatsuna. – Pois a sorte é um dom que precisa ser dado. Nenhum coelho pode proporcionar sorte para si mesmo.

– Eu vou com o Leek e serei a guia dele – anunciou Morel, surpreendendo a todos os ali reunidos, incluindo ela mesma. – Faz tempo demais que eu me escondo dos Turvo-Curvos, cheia de medo e raiva. Mas eu também sinto saudade da minha humana. E, por ela, vou me juntar ao Leek, e nós daremos sorte um ao outro. Ouça-me, ancião. Eu me pronunciei.

Komatsuna curvou a venerável cabeça e alisou os bigodes grisalhos. Ele havia aprendido muitas coisas, tanto no nosso mundo quanto na Cartola, e a principal delas era o fato de que nunca ganhava uma discussão de Morel, que era extraordinariamente corajosa, igualmente teimosa e tipicamente fortemente armada. Mexer com Morel era um negócio arriscado. Assim, Komatsuna suspirou e concordou.

– Se essa é sua decisão – ele falou, por fim –, é melhor vocês levarem uma boa provisão de nabinhos.

Depois de um dia longo e bem-sucedido cruzando o caminho de Cecil e provocando todo tipo de transtorno, Millikin voltou à Cartola. Era uma sensação revigorante perceber que, fosse qual fosse o mal que ele causava, nem uma única vez Leek tinha aparecido para consertar as coisas. Millikin queria ter cruzado também com Leek, o que provavelmente o teria deixado feliz mais cedo. Mas pelo menos agora ele estava bem encaminhado. Na verdade, por causa de Millikin, Cecil havia apanhado um resfriado bastante forte e sido mandado direto para a cama, só para descobrir que ela estava infestada de percevejos que, com toda a certeza, o estavam devorando. Que sucesso.

Dentro da fortaleza dos gatos pretos, Millikin estava se vangloriando para os amigos, enquanto mordiscava uma erva-dos-gatos que, só para variar, ele tinha positivamente feito por merecer. E, ah, como seus irmãos do mal ronronavam em aprovação! Só que, bem quando ele estava chegando na maior parte, um olheiro felino entrou no salão e pendurou um cartaz no quadro de avisos.

– Coelho novo – ele disse. – Acabo de vê-lo no Setor Treze.

Millikin não podia acreditar em seus olhos. Pois no pôster, encarando-o de volta, estava Leek.

Bem, alguns gatos pretos teriam ficado bem contentes ao saber que seu arqui-inimigo havia sido banido para um reino escuro e sombrio, do qual nenhum coelho infeliz tinha retornado, jamais. Mas Millikin era, como você sabe, um gato preto particularmente apavorado. Além disso, ele sabia muito bem que Leek era um coelho da sorte particularmente persistente. Aquilo não pressagiava nada de bom.

FUGA DA CARTOLA

De todos os lugares onde ele poderia ter ido parar, pensou Millikin, tinha de vir justamente para cá! Aquilo não poderia ficar assim.

– Concentrem todos os recursos disponíveis na captura desse coelho – Millikin sibilou alto. – Despachem os Turvo-Curvos imediatamente e se empenhem com máxima disposição. Afiem suas garras, exército das sombras. Pois, se eu bem conheço o Leek (e podem acreditar que conheço), ele está vindo diretamente na nossa direção, por causa de Cecil Bean.

Cecil Bean ficou de cama por vários dias, espirrando, fungando, tossindo e com o peito chiando, e durante todo o tempo tentando desesperadamente aniquilar o batalhão de percevejos que tinha, de algum jeito, invadido sua cama. No começo, Cecil pensou que algum passarinho, ou quem sabe uma raça exótica de tamanduás, poderia aparecer por acaso e acabar com os percevejos. Talvez uma velha muito enrugada aparecesse na porta de sua casa, trazendo um cataplasma aromático que curaria o resfriado imediatamente. Mas ele não teve essa sorte. Era a coisa mais estranha. Cecil tinha passado por todo tipo de azar ao longo dos anos, mas, antes, a sorte sempre melhorava as coisas. Agora, de repente, sua sorte parecia ter simplesmente... desaparecido.

Depois de diversos dias e noites miseráveis, Cecil se sentiu melhor o bastante para se levantar, para grande decepção dos percevejos. E, apesar de sentir uma insegurança aguda quanto a sair de casa, pois do lado de fora sem dúvida nenhuma o azar espreitava, ele ao mesmo tempo tinha uma vontade gigante de comer um bolinho quente com manteiga e geleia de damasco. Aquilo não parecia um pedido exagerado.

Assim, Cecil percorreu o pequeno caminho de cascalho até o vilarejo, mantendo-se todo o tempo muito atento a nuvens escuras, poças de lama, cachorros raivosos e nuvens de gafanhotos – qualquer coisa que pudesse arruinar seu dia. E, logo, sem nenhum incidente digno de nota, ele chegou à sua lanchonete favorita, mundialmente famosa pelos bolinhos, que eram assados todos os dias, bem cedinho pela manhã.

– Eu gostaria de um bolinho quente, por favor – Cecil pediu ao proprietário –, com manteiga e geleia de damasco.

– Estamos sem bolinhos – respondeu o proprietário –, e também sem manteiga e geleias. A única coisa que temos é fígado. E receio que não esteja exatamente muito fresco.

Cecil esperou um instante antes de andar de volta para a rua, sentar-se no meio-fio e chorar. Ele não gostava de fígado nem em sua variedade mais fresquinha. Ele não gostava de chorar, também, mas isso acontecia nas raras ocasiões em que parecia que tudo estava perdido e que ele nunca mais seria feliz de novo. Aquela era uma dessas ocasiões – e talvez a pior época de que Cecil conseguia se lembrar.

– Parece que alguém anda meio sem sorte – uma voz soou atrás dele.

Cecil se virou e viu um cavalheiro misterioso sentado a uma mesinha, resplandecendo em uma faixa de sol estreita, porém brilhante. O cavalheiro estava tomando café da manhã e fazia algum tempo que vinha observando Cecil. Enquanto ele observava o menino sentado tristemente no meio-fio, um automóvel passou zunindo por uma poça funda, encharcando Cecil até a cueca branca.

– Junta-se a mim para o desjejum? – ofereceu o cavalheiro misterioso. – Eu por acaso tenho um bolinho extra.

Ensopado e pingando, Cecil foi até lá e se sentou. Surpreendentemente, o bolinho ofertado ainda estava fumegando. Além disso, ainda havia um pouco de manteiga e também de geleia de damasco.

– Muito obrigado – disse Cecil.

– É um prazer – respondeu o cavalheiro. – É o mínimo que se pode fazer por um menino que perdeu seu coelho da sorte.

Cecil não soube muito bem o que fazer com aquela informação.

– Ah, é bem óbvio – afirmou o cavalheiro, ao notar a confusão do menino. – Você está com falta de sorte, uma circunstância que indica a ausência do seu coelho. E, sem o dito coelho, você não tem ninguém para equilibrar as maquinações tortuosas do seu gato preto pessoal. Uma aflição bastante trágica. Já vi isso antes.

Cecil se perguntou se o cavalheiro misterioso teria um parafuso ligeiramente solto. Mas o brilho em seus olhos parecia mais sincero do que doido.

– Todas as pessoas do mundo têm sorte e azar, uma cortesia, respectivamente, dos coelhos e dos gatos – explicou o cavalheiro. – Quase nunca os vemos, é claro, mas há muitas verdades simples no mundo que ninguém nunca vê. Gatos pretos são criaturas terrivelmente espertas, com bem poucos predadores naturais, de modo que uma pessoa raramente perde seu gato. Mas os coelhos da sorte são uma questão bem diferente. Os coelhos têm predadores, e um especialmente malvado em particular. Eu me pergunto se você talvez já tenha ouvido falar de um homem chamado Imbróglio.

– O mágico! – Cecil gritou.

– Dificilmente – bufou o cavalheiro, e revirou os olhos. – O Grande Imbróglio não é nem grande nem um mágico de verdade. Mas ele possui um item de mágica de verdade, um item que, eu suspeito, podemos culpar pelo desaparecimento do seu coelho.

– A cartola! – De repente, Cecil entendeu por que o coelhinho do truque de Imbróglio lhe tinha parecido tão, tão familiar: de certa forma, ele o conhecia desde sempre.

– Mas como o senhor sabe de tudo isso? – o menino perguntou ao cavalheiro misterioso.

– Porque a cartola é minha.

– Ah – fez Cecil, na falta de uma resposta melhor.

– Ao menos era – disse o cavalheiro, com um suspiro. – Veja, Imbróglio era meu assistente. Não um assistente muito bom, é claro. Não tinha honradez e nenhum respeito real pela verdadeira mágica. Um dia, acordei e descobri que ele tinha dado no pé e levado minha cartola junto. Suponho que eu deveria ter esperado uma coisa dessas de um sujeito sem honradez.

– Que terrível golpe de azar! – exclamou Cecil.

– Azar? De forma nenhuma, meu rapaz. De fato, o caso é mais de falta de bons modos. Veja, a sorte e o azar têm pouca influência sobre mim. O meu coelho da sorte mora hoje em dia em uma comunidade de aposentados, onde se dedica, imagine você, a uma antiga paixão por ferromodelismo. Ainda nos encontramos, nas férias. E o meu gato se demitiu há muitos e muitos anos, quando percebeu que seus poderes eram perfeitamente inúteis.

— Mas como pode? — Cecil perguntou. — Todo mundo tem sorte e azar.

— De fato — respondeu o cavalheiro. — Mas eu sei uma coisa que bem pouca gente sabe.

— O quê?

— Um verdadeiro mágico nunca revela seus segredos — disse o cavalheiro.

— Ah — fez Cecil, de novo na falta de uma resposta melhor.

— Mas este eu vou revelar. — O cavalheiro sorriu com gentileza. — Um coelho pode, realmente, ser retirado da minha cartola. O Imbróglio apenas não sabe como. Então, se você concluir que o seu coelho precisa ser salvo, só precisa encontrar a cartola e tirá-lo de lá. É um processo surpreendentemente simples, se a pessoa conhecer a palavra mágica.

— E qual é a palavra mágica? — perguntou Cecil, decidindo ali e na hora que a retirada de seu coelho da sorte era de extrema importância.

— Como falei, um verdadeiro mágico nunca revela seus segredos. Sabe, é contra o nosso código. Mas as respostas até dos maiores segredos estão, muitas vezes, bem diante dos nossos olhos, basta querermos enxergar.

    Cecil refletiu sobre as enigmáticas palavras do cavalheiro misterioso, enigmáticas demais para o gosto dele. Mas o homem tinha realmente lhe dado um bolinho, o que era espantoso. E Cecil sabia que era inútil pedir a um verdadeiro mágico que quebrasse o código dos mágicos. Ele se levantou, e o pouco peito que tinha, inflou em firme resolução.

    – Então eu vou encontrar o Imbróglio vilão e salvar o meu coelho. Obrigado pelo bolinho.

    E com isso lá se foi Cecil Bean em busca da cartola mágica. Enquanto ele se afastava correndo, o cavalheiro misterioso deu um gole no chá, observou e cochichou uma despedida final:

    – Boa sorte.

CAPÍTULO TRÊS

— Nabinho! – exclamou Morel.

Fazia já algum tempo que Leek e Morel estavam andando, tempo suficiente para Leek notar que, na Cartola, o sol nunca brilha. Isso, é claro, significa que bem pouca coisa cresce na Cartola. Não tem cenoura, nenhum capim fresco e, definitivamente, nada de feijões verdes. O que cresce são coisas horrendas e repugnantes que se alimentam da luz da lua: árvores pretas cobertas de espinhos e trepadeiras rastejantes grudentas. Apesar disso, os coelhos haviam descoberto que, em seu refúgio de gelo, era possível cultivar uma espécie meio amarga de couve-nabo que não era exatamente saborosa, mas com certeza era melhor do que nada. Essa couve-nabo, depois de devidamente defumada e desidratada, virava um meio de sustento passável, bastante substancioso mesmo em pequenas quantidades, e perfeito para longas aventuras. Morel levava uma pequena mochila de couves-nabo, que a dupla parou para roer.

– Nabinho é como a gente chama depois que está desidratado.

Leek mastigava tristemente seu pedaço, pensando o tempo todo em seu jardim e em seu menino.

– A gente devia continuar – disse Morel.

A coelhinha empunhou suas armas: uma espada afiada, até então trazida atrás das costas, e uma lança comprida, que ela esticou à frente do jeito mais ameaçador. O próprio Leek não carregava armas. Ele nunca tinha sentido necessidade de tais coisas antes e, claramente ao contrário de Morel, não fazia a menor ideia de como usar uma lâmina cortante. Leek sempre sentira que a sorte era sua arma mais potente, embora fosse de algum modo reconfortante ver Morel armada tão fortemente. Morel despertava em Leek uma porção de sentimentos agradáveis, e a segurança era um deles.

– Pare de sonhar acordado e trate de ir pulando – disse Morel –, ou um Turvo-Curvo vai pegar você.

Leek a seguiu obedientemente, pulando atrás de Morel o mais rápido que conseguia. Ele a alcançou na crista de uma pequena encosta, onde a dupla foi recebida por uma rajada de vento frio e uma visão que fez os bigodes de Leek se curvarem de medo. Pois diante deles, estendendo-se gigantesco e abissal até onde os olhos conseguiam ver, estava um oceano de puro negrume sem fundo.

– Cuidado com a Grande Tinta – cochichou Morel. – Traiçoeira, sem fundo e molhada. Para a maioria, arriscar-se a cruzá-la significa a morte.

– Mas eu preciso atravessar – sussurrou Leek –, pelo meu menino.

Morel não respondeu. Em lugar disso, começou a construir uma jangada rudimentar. Rapidamente, ela derrubou uma dúzia de árvores espinhosas e arrancou as trepadeiras, que rosnavam a cada golpe de sua espada. Foi com elas que Morel uniu os troncos e formou a pequena embarcação que, ela esperava, levaria os dois até o outro lado. Leek, que Morel considerava em grande medida um inútil, tentava endireitar os bigodes. Ele não queria que Morel soubesse que ele estava com medo.

– Venha, me ajude a empurrar para a superfície – ela disse.

Juntos, os coelhos empurraram a jangada para o negrume, e subiram a bordo. Enquanto deslizavam lentamente para longe da margem, Leek olhou para trás e pensou que talvez não fosse tão ruim assim viver pelo resto da vida em uma caverna gelada, onde ele passaria frio, mas estaria categoricamente seguro. Morel, porém, não olhou para trás nenhuma vez. Ela só olhava para a frente, pois também tinha uma humana a levar em consideração. Dali a pouco, a margem atrás deles desapareceu para sempre na Grande Tinta, e Leek se pegou torcendo para que o mesmo não acontecesse a eles.

– Quanto tempo leva pra cruzar? – Leek perguntou, quase com medo da resposta de Morel.

– Não sei dizer. Poucos se atreveram a desafiar a Tinta, e ninguém jamais voltou. Contam lendas sobre o que existe adiante, mas não confio meu destino a lendas. Eu só confio na minha lança.

– Bem, é uma lança muito boa – Leek afirmou, um tanto desajeitadamente.

Era estranho que, apesar de totalmente coberto por um grosso casaco marrom de pelo, Leek ainda se sentisse um bocado exposto, perto de Morel. O que significa dizer que a coelha deixava Leek agudamente consciente de todos os seus defeitos e medos, de um jeito que ele nunca tinha se sentido antes. No entanto, ela também o fazia sentir que ele poderia se mostrar incrivelmente corajoso diante de um baita beliscão. Era mesmo muito esquisito sentir-se tão imperfeito e ainda assim tão cheio de potencial. E Leek não tinha bem certeza do que esses sentimentos estranhos poderiam significar, no fim.

A dupla navegou em silêncio, um silêncio tão profundo que às tantas Leek decidiu assoviar um pouco, só para ter certeza de que seus ouvidos ainda estavam funcionando.

FUGA DA CARTOLA

Então eles ouviram um som bem fraco, um zumbido profundo que deu aos ouvidos de Leek um pressentimento muito grave.

– Estou ouvindo alguma coisa! – Leek cochichou.

Morel tinha ouvido também. Ela analisou o horizonte, seus olhos e ouvidos de guerreira em alerta total, tentando localizar de onde vinha.

– Está à nossa volta toda – ela percebeu, a voz dura de medo. Então ela os viu. – Turvo-Curvos.

Turvo-Curvos vinham de todas as direções: navios de ferro avançavam a grande velocidade, impulsionados por motores com o tamanho e a força de mamutes. Cada um decorado com o sinal indicativo da destruição, os navios soltavam vapores que fediam a puro desprezo.

– Estamos perdidos – Morel murmurou para si mesma –, e mal tínhamos começado.

Leek só conseguia observar, enquanto o círculo de Turvo-Curvos se apertava como um nó de marinheiro. Antes, porém, que se fechassem ao redor deles, os poderosos encouraçados de guerra desaceleraram e pararam. Então, para infinita surpresa de Leek, um

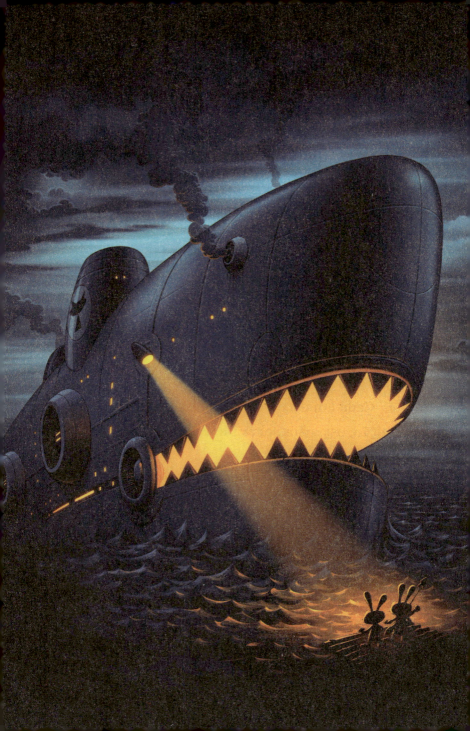

gato preto muitíssimo familiar avançou da goela de sua embarcação escura e sorriu, exibindo os caninos medonhos.

– Millikin!

– Eu pensei que tinha me livrado de você de uma vez por todas – rosnou o gato. – No entanto, aí está você, fazendo um cruzeiro na minha piscina. E ainda por cima com uma namorada!

– Eu sou só a guia dele, nada mais – respondeu Morel depressa, empunhando a lança. – Há muitas formas de esfolar um gato, conforme vou demonstrar com todo o prazer.

– Ai, ai... Não tenho tempo para isso. – Millikin bocejou. – Veja, eu tenho um menininho chamado Cecil Bean com quem me preocupar, e estou planejando vários tipos de maldade para fazer com ele. O primeiro item da ação inclui um cachorro enorme, com uma bexiga muito cheia, e a árvore debaixo da qual Cecil gosta de se sentar para ler.

– Seu vândalo imprestável! – gritou Leek.

– Mas antes – disse o gato, sorrindo – vou me certificar de que vocês afundem nas profundezas do vácuo mais sombrio.

Antes de entender totalmente o que estava acontecendo, Morel descobriu que tinha se colocado na frente de Leek, como se para protegê-lo do perigo. Por um instante, ela se perguntou por quê. Mas Morel faria a mesma coisa por qualquer coelho, ela achava, mesmo um tão inútil quanto Leek. Ou será que não?

Ao mesmo tempo em que a coelha se pôs à frente de Leek, ele instintivamente teve medo pela companheira. Mas lutar não era sua praia. Em vez disso, esticou gentilmente a pata na direção de Morel e afagou de leve o casaco dela – do mesmo modo como ele normalmente esfregava a bainha da calça de Cecil.

– Turvo-Curvos! – gritou Millikin. – Preparem os torpedos e disparem à vontade!

Mas, antes que os torpedos fossem disparados à vontade, a escuridão sob a jangada ficou um pouquinho mais escura, e depois começou a girar e borbulhar. Os olhos de Millikin se estreitaram até virarem duas pequenas frestas; ele não tinha muita certeza sobre o que estava acontecendo.

Foi quando um monstro emergiu das profundezas, de boca escancarada, para engolir os coelhos inteiros, com jangada e tudo.

FUGA DA CARTOLA

O monstrengo gigantesco, incrustado de rochas e moluscos, subiu até o céu, por um momento até eclipsando a lua. Suas mandíbulas cheias de lodo se fecharam com um estrondo sinistro, e, com isso, ele girou e mergulhou de volta na profundeza gelada, ensopando os gatos no processo.

Millikin estremeceu, sacudiu-se para tirar a água das costas e pensativamente lambeu uma pata com aquela sua língua maldosa e áspera.

– Azar o seu – ele rosnou – e já vai tarde.

Leek achava que antes estava escuro, mas a escuridão dentro do peixe era algo totalmente diferente. Lá, bem no fundo das tripas do monstro, nem mesmo a lua fria da Cartola conseguia chegar. Leek não conseguia ver nem as pontas do bigode, que dirá ver Morel. Ele queria muito uma cenoura, já que cenouras ajudam a enxergar no escuro. Mas, pobre dele, cenouras simplesmente não crescem no fundo das tripas de monstros marinhos. Isso é um fato.

Morel, no entanto, era o tipo de coelha muito despachada, e Leek conseguia ouvi-la se mexendo agitada de um lado a outro. Não demorou nada e ela havia localizado os restos da jangada deles, e cortado uma parte da madeira espinhosa de uma ripa. Em seguida ela raspou um pedacinho de palha, ainda seco dentro da mochila encerada, e acendeu uma tocha.

– Assim está melhor – Morel disse.

Mas as coisas não estavam realmente melhores, ela pensou. Eles tinham escapado dos Turvo-Curvos malignos só para serem engolidos por inteiro por um peixe. Não, ela pensou, as coisas não estavam absolutamente melhores.

– Ao menos nós estamos juntos – Leek sorriu.

Morel só conseguiu revirar os olhos. Ela estava bastante acostumada a lutar e sobreviver sozinha, e até gostava que fosse assim. No momento, Morel via pouco valor no fato de estarem juntos.

Foi quando chegou um som fraquinho de música. Era um som triste e solitário, sem dúvida, mas isso não o tornava nem um pouco menos surpreendente.

– O que é isso? – Leek perguntou.

– Só a coragem pode responder a perguntas dessas – rebateu Morel, apertando a lança com força diante de si.

E, com isso, ela avançou cada vez mais fundo pela goela do peixe. Leek não estava se sentindo muito corajoso naquela hora, mas é claro que rapidamente foi atrás dela. Para ele, o fato de estarem juntos parecia cada vez mais importante.

Leek acompanhou Morel pelas vísceras do peixe e, conforme eles progrediam, a música ia ficando um pouco mais alta. Quando chegaram à entrada do estômago cavernoso do monstro, Morel espiou e soltou um inesperado suspiro.

No canto mais distante do estômago havia uma cabana construída de lixo, osso e todo tipo de detrito não digerido. De lá vinha o brilho inconfundível de uma lareira que, Morel não podia negar, parecia vagamente aconchegante. E, sentado nos degraus da entrada, tocando melancolicamente uma flauta minúscula, estava...

– Um rato!

Leek havia reunido coragem suficiente apenas para espiar por cima do ombro de Morel, e tinha dado um grito antes de conseguir se segurar. Leek não era discreto como Morel.

O rato olhou para cima no mais completo choque, derrubando a flauta no meio da nota.

– Eles me encontraram! – exclamou. – Minha perdição chegou, afinal!

Mas, antes que ele pudesse correr para dentro da cabana e fechar a porta gradeada, Morel deu um passo à frente, mantendo a tocha elevada.

– Não foi a perdição que veio procurar você aqui hoje. Nós somos simplesmente dois coelhos, viajantes das terras selvagens, e estamos perdidos, também – Morel falou.

Os olhos do rato se arregalaram de emoção e alívio, e o focinho parou de tremer convulsivamente.

– Casacos marrons e orelhas grandes! – ele exclamou. – Ora, vocês não são gatos pretos de forma nenhuma! São *mesmo* coelhos!

– Como eu disse – retrucou Morel –, e estamos molhados e com frio. Além disso, gostaríamos de nos sentar junto à sua lareira.

– Claro, claro – guinchou o rato. – Minha nossa, esqueci totalmente os bons modos! Faz séculos que

convivi em sociedade, entendam. Mas entrem, vou ferver água imediatamente.

Os coelhos precisaram de bem pouco incentivo para aceitar o convite, e logo estavam sentados no pequeno casebre, tomando chá verde-escuro em canecas improvisadas.

– Chá de algas – o rato suspirou. – Não é absurdamente gostoso, mas receio dizer que é só o que tenho.

– Eu até que gostei – falou Leek. Isso não era totalmente verdadeiro, claro, porque gostar de chá de alga depende de se acostumar com o gosto. Mas Leek não queria ser grosseiro. Aquele era o departamento de Morel.

– Qual é o seu nome, rato? – Morel questionou. – E como você chegou à barriga desta besta cruel?

– Meu nome é Hamelin – o ratinho suspirou. – Eu sou um menestrel andarilho ou, pelo menos, era, e era até bem bom, se posso dizer isso sobre mim mesmo. Ora, houve época em que eu tocava para roedores muito importantes, da mais alta estirpe. Mas um menestrel andarilho anda, veja bem, pela própria definição, e ganha a migalha do dia a dia numa estrada que nunca termina. No entanto, vocês talvez saibam, sendo viajantes, que a estrada nem sempre é generosa.

– Disso nós sabemos muito bem – Morel retrucou.

– Era uma noite escura e tempestuosa – continuou Hamelin –, o granizo caía grande como... bem, grande como eu mesmo, e até maior. Eu estava sozinho em uma terra desconhecida, e encharcado até a ponta do rabo. Mas vi ao longe um toque de luz, e fui para lá correndo, na expectativa de calor e alegria. Conforme me aproximava, vi que era um trailer. Um trailer dos mais desmilinguidos, para ser sincero, mas um trailer, mesmo assim. Entrei. O único ocupante era um tipo de ilusionista, e um ilusionista sem um pingo de boas maneiras! Apesar de ensopado e imundo, eu peguei minha flauta e embarquei numa melodia alegre. Porém, em vez de aplaudir e cortar o queijo, o ilusionista apanhou a vassoura.

– Imbróglio – Leek estremeceu. – Só podia ser ele.

– Precisei fugir para me salvar – gemeu Hamelin – e saltei para dentro de uma cartola. Quando dei por mim, uma legião de gatos pretos estava me perseguindo em um mundo sem sol. Um negócio muito aflitivo, para dizer o mínimo dos mínimos, e eu tendo só uma flauta para me proteger!

– Flautas são armas bem ineficazes – concordou Morel –, especialmente as pequenas.

– Eles me perseguiram até a beira da água, onde fui forçado a nadar, só para em seguida ser engolido por este peixe asqueroso. E cá estou desde então. É um destino terrível, mas a besta me oferece um refúgio seguro contra os gatos, e por isso sou grato.

Leek suspirou e educadamente bebericou o chá. Aquele rato tinha vivido o pior tipo de azar, pois gatos odeiam ratos ainda mais do que odeiam coelhos da sorte. Hamelin não poderia de jeito nenhum encontrar-se em um reino mais hostil. Mas Leek tinha gostado do ratinho e estava contente por tê-lo como amigo.

– O meu nome é Leek. E esta é a minha guia, Morel. Juntos, nós estamos em uma missão. Estamos procurando a torre escura e misteriosa dentro da fortaleza dos gatos, onde, dizem, tem um caminho de volta para casa. Eu gostaria muito que você se juntasse a nós. Nunca se sabe quando um menestrel pode ser útil.

FUGA DA CARTOLA

Morel levantou uma sobrancelha. Até onde ela sabia, a missão deles tinha chegado a um fim dos mais desagradáveis, definitiva e decididamente. Os ombrinhos de Hamelin se curvaram, em óbvia concordância.

– Muito obrigado – disse o rato. – Mas tenho medo de gatos... Também tenho medo das torres e fortalezas deles. Mesmo que eu fosse um rato guerreiro corajoso, em vez de músico, resta o fato de que nós estamos presos na barriga de um peixe. Não tem saída. Eu já procurei.

– Sempre existe um caminho, com sorte. – Leek sorriu.

– Eu bem que gostaria de ver o sol outra vez – admitiu Hamelin. – E a história da nossa fuga daria uma canção maravilhosa. Mas minha sorte chegou ao fim aqui no fundo do mar, assim como a de vocês.

Hamelin de repente sentiu um desespero tão terrível que se virou de costas para chorar. De certa forma, sua tristeza tinha sido suportável quando ele estava sozinho, nem que fosse só porque não precisava falar a respeito. Mas daí os visitantes tinham chegado, e as boas maneiras exigiam que ele respondesse às perguntas com honestidade e boa vontade. Responder às perguntas significou que ele foi forçado a contar de novo, e de certa forma a viver de novo, os piores momentos de sua vida. Esses momentos se juntaram em duas pequenas glândulas atrás de seus olhos, e depois saíram em grandes gotas molhadas, que pingaram pelos bigodes em tal quantidade que ele logo se sentiu desidratado.

Assim que a última lágrima escorreu lentamente pelo bigode mais comprido de Hamelin, Leek esticou a pata e afagou as costas dele, oferecendo um pequeno consolo e uma coisinha além disso.

– Lamento muitíssimo – condoeu-se o rato, enxugando os olhos. – Realmente, eu deveria oferecer a vocês algo de comer, suponho. Não tenho muita coisa, mas venho fazendo experimentos com queijo de algas. Não é totalmente ruim, dadas as circunstâncias.

Morel franziu o nariz. Queijo de algas não parecia nem um pouco apetitoso. E, de verdade, não é mesmo.

– É muita gentileza sua – ela disse, em seu tom de voz mais diplomático –, mas nós trouxemos provisões, que teremos prazer em dividir com você.

Com isso, ela pegou a mochila de nabinhos. No entanto, bem quando Morel afrouxava o cordão que a mantinha fechada, o grande peixe mudou de direção abruptamente, e a mochila caiu no chão, espalhando as couves-nabo desidratadas por todo lado. De repente, o queijo de algas estava de volta ao cardápio. Morel suspirou profundamente e depois suspirou mais uma vez. Ainda mais azar, ela pensou. Justo quando as coisas não tinham como piorar, pioravam.

Subitamente, a caverna se sacudiu com um tremor que, numa escala de um a dez, teria facilmente atingido um retumbante doze e meio. Leek, Morel e Hamelin se viram voando um sobre o outro e quicando contra as paredes da pequena cabana.

– Saiam! – ordenou Morel. – Antes que desmorone em cima de nós!

Hamelin apanhou sua fiel flauta, a única coisa não contaminada pelo azar em sua vida, e a tropa saiu correndo da casa rústica, que chacoalhou e se desmantelou e virou uma pilha de escombros.

– Ora – gritou Hamelin –, mas o que foi isso?

Antes que Leek conseguisse pensar em dar um palpite, lá veio mais um tremor, e outro, e muitos mais. Enquanto era jogado de um lado para o outro nas entranhas da besta, Leek viu de relance duas formas peludas passarem por ele muito rápido, zunindo, e supôs que fossem seus amigos. Aquela era uma reviravolta inesperada na situação, ele pensou, enquanto passava, inclinado, por uma estalactite carnuda.

Os tremores cederam um pouco. Leek se levantou do fundo do grande estômago e se virou para Hamelin, sorrindo pela súbita revelação.

– Acho que nosso peixe está espirrando.

– Espirrando! – gritou o rato. – Oras! Mas que tipo de alérgeno poderia ter levado um peixe gigante a espirrar?

Morel encarou Leek em repentino maravilhamento. Ela havia visto quando Leek tocara o rato, mas não tinha pensado muito a respeito, na hora. Agora, ela sabia o que Leek fizera. E, mais ainda, sabia exatamente qual alérgeno estranho tinha levado o peixe a espirrar. Quando o último e mais forte dos tremores sacudiu a caverna, mandando tanto o rato quanto os dois coelhos para cima e para fora do peixe, direto para o céu índigo e para além da lua sempre presente, Morel gritou:

– NABINHOS!

Precisamente seis segundos depois, o trio aterrissou em um pequeno monte macio na margem oposta da Grande Tinta, onde poucos coelhos valorosos, e certamente nenhum rato, jamais haviam posto a pata. Mas Leek, veja você, era um tipo muito persistente de coelho da sorte. Afinal, ele tinha um menino de quem cuidar.

CAPÍTULO QUATRO

Enquanto isso, Cecil Bean tinha dado início à própria aventura: encontrar Grande Imbróglio. Cecil encheu os bolsos com todas as coisas que imaginou que uma aventura poderia exigir, incluindo um canivete, um pouco de corda e cuecas brancas extras, bem como quatro fatias de pão integral e oito rodelas de salame. Optou por vestir um casaco azul-marinho com capuz, que parecia capaz de oferecer algum grau de invisibilidade, caso o menino tivesse oportunidade de se aproximar furtivamente de Imbróglio na escuridão da noite. Ele decidiu também usar dois pares de meia, mas isso foi apenas porque estava frio.

FUGA DA CARTOLA

Cecil caminhou durante o dia inteiro e passou por dois pequenos vilarejos bem parecidos com o dele, onde observou sinais evidentes da passagem de Imbróglio. No primeiro, encontrou uma menininha coberta de lama, olhando através das lentes quebradas dos óculos para o que restava de seu gatinho, que tinha sido irrecuperavelmente estripado por uma águia-pescadora. No segundo, Cecil viu um menino da mesma idade que ele correndo nu feito um passarinho, coberto de melaço, sendo perseguido por um enxame de abelhas. O malvado Imbróglio tinha deixado um rastro de azar que era muito fácil seguir. Assim, Cecil seguiu em frente, mais longe do que jamais tinha viajado antes, encorajado por saber que havia outras vítimas que precisavam desesperadamente de sua ajuda, em complemento aos coelhos delas.

Enquanto caminhava, Cecil refletiu bastante sobre o cavalheiro misterioso que tinha conhecido em sua lanchonete favorita. Por que seria, Cecil se perguntou, que o coelho do homem tinha se aposentado? Qual era exatamente o segredo que o havia libertado da veneta de seu gato? E por que raios, perguntava-se Cecil, o código dos mágicos tinha de ser tão absurdamente rigoroso?

O sol alaranjado baixava lentamente atrás da colina além do campo, onde Cecil de repente se viu exausto, sozinho e cada vez com mais frio. Assim, ele se acomodou em uma cama quentinha feita de folhas avermelhadas, na cavidade de uma árvore antiga, e ficou espiando para fora do capuz do casaco, enquanto as estrelas assumiam suas posições no céu. Antes que o sono chegasse, uma estrela brilhante passou em seu campo de visão, deixando uma trilha branca e brilhante. Quando fechou os olhos, Cecil fez um pedido.

– Eu gostaria de ser mágico também. Assim, eu teria os meus próprios segredos misteriosos. E eu sempre só contaria esses segredos para o meu coelho – ele cochichou.

– A Selva Maldade Primitiva – disse Morel. – As lendas falam dos perigos que ela reserva.

– Que tipo de perigos, exatamente? – perguntou Leek, que ainda cheirava fortemente a peixe.

– As lendas – cochichou Morel, apertando os olhos – não são específicas.

– Bem – começou Leek, com um sorriso –, suponho que só a coragem possa responder a perguntas dessas. Então seria melhor irmos andando, não?

– Esperem – guinchou Hamelin. – Preciso agradecer a vocês dois. E, apesar de a ajuda de um simples ratinho não parecer grande coisa, eu lhes prometo minha eterna lealdade, até que minha dívida seja paga.

– É incrivelmente gentil de sua parte dizer isso – disse Leek, comovido com o discurso de Hamelin. – Vamos aceitar sua oferta com grande honra e humildade.

Leek e Hamelin se deram as patas e trocaram uma porção de mesuras e formalidades, para que não restassem dúvidas. Enquanto eles estavam nos rapapés, Morel avaliava o apuro em que se encontravam. Embora Hamelin fosse, sem dúvida nenhuma, um rato muito pequenininho, ainda assim era mais uma boca a ser alimentada. Além do mais, Hamelin era, conforme ele mesmo tinha admitido, simplesmente um músico. Um guerreiro, armado com uma alabarda ou maça, seria outra coisa, mas Morel duvidava que um flautista tivesse alguma serventia.

– Se os Turvo-Curvos nos pegarem – ela murmurou –, ele pode tocar a nossa melodia fúnebre.

O trio de amigos avançou até penetrar na selva, liderado por uma coelha que duvidava de que a sorte deles fosse durar muito. Pelo menos ela ainda tinha a lança e a espada. E uma lâmina audaciosa, ponderou Morel, podia ser toda a sorte de que precisavam.

Leek tinha refletido menos, enquanto se aproximava. Seus únicos pensamentos estavam com Cecil.

A selva logo os envolveu, densa, cruel e escura. Os espinhos das árvores eram grandes como pregos; as trepadeiras, grossas como as maiores cobras, e algumas, tão venenosas quanto. Bem acima deles, raios de luar atravessavam a folhagem das árvores impiedosas, pontilhando o solo da floresta com reticências de destruição. Morel gostou de ver que parecia haver uma espécie de caminho, porém, só de olhar, esse caminho já parecia um tanto escorregadio e serpenteava de um jeito que deixou cautelosa a combativa coelhinha.

O caminho era a menor das preocupações de Morel. Ruídos estranhos logo chegaram às suas orelhas: grasnados, roncos e guinchos. Alguns desses ruídos pareciam surpreendentemente próximos, com frequência a apenas uns centímetros de distância. Porém, toda vez que Morel girava e rodopiava, via somente seus companheiros, que a seguiam de perto.

Uma vez, e só uma única vez, Morel poderia jurar que tinha ouvido a fungada de um porco e visto, muito de relance, o brilho bisbilhoteiro de olhinhos redondos, porcinos. Mas ela logo descartou a ideia. Aquele era o domínio dos gatos, exclusivamente dos gatos.

O caminho sinuoso era uma subida. Hamelin e Leek reuniram suas forças e se empenharam em ficar perto da guia. Quando chegaram ao alto, Morel de repente se agachou e gesticulou para que os amigos fizessem silêncio. Pois abaixo deles, elevando-se a partir da vegetação rasteira, havia um solitário posto avançado. E, mesmo àquela distância, dava para sentir o fedor de alerta que ele exalava.

– O que é isso? – cochichou Leek.

– Uma torre de observação – Morel respondeu, pressentindo, franzindo o nariz. – E fede a gato. O caminho nos traiu.

– Então precisamos ficar longe do caminho – disse Leek – e nos entregar à sorte.

– De todos os coelhos condenados a viver na Cartola, eu fui sempre a mais disposta a procurar novos caminhos – disse Morel. – Mas não conheço a Selva Maldade Primitiva, e nos afastarmos dessa trilha pode muito bem significar o nosso fim.

Leek sorriu.

– Bobagem. É só você seguir a sua lança, e nós vamos seguir você, a guia em quem confiamos.

Hamelin concordou com a cabeça, e assim seu voto foi dado. Eles não se atreveriam a chegar perto da torre dos gatos: aquilo, pelo menos, estava bem claro. Mas, então, por qual caminho seguir? Morel não tinha certeza. Então, ela falou com a lança.

– Grande lança, minha velha amiga – ela cochichou para a seta na ponta –, confio a você a escolha da trilha. Peço que aponte o caminho e não falhe.

FUGA DA CARTOLA

Morel fechou os olhos e segurou a lança com força. Por vontade própria, a ponta apontou para a direita.

– Iremos para a direita – disse Morel, determinada.

– Claro que sim – concordou Leek. – As coisas sempre dão certo, com sorte.

Leek não tinha percebido que, acima deles, um olheiro Turvo-Curvo, pairando ao vento sem fazer barulho, tinha visto o brilho delicado do aço e os amigos brevemente iluminados, e voltou à base para apresentar seu relatório. Pois a sorte, como você bem sabe, existe em duas variedades diferentes. E, no mundo da Cartola, elas raramente acontecem na mesma medida.

Quando o trio retomou viagem, entrando mais fundo na selva, até o eterno otimismo de Leek começou a falhar e por fim se extinguiu. A cada passo suas patas se retraíam, mordidas pelas pedras e pelos espinhos, e o pobre Hamelin, pequeno como era, logo sentiu o mais violento esgotamento. O ratinho não reclamou, mas seu estômago estava revoltado e rugia, pedindo atenção.

– Seria de se imaginar que, mesmo em uma selva malvada, alguma frutinha crescesse. Nós não comemos nada desde a hora do chá. E o chá foi ontem, imaginem só!

– Então, que a fome alimente a sua coragem – disse Morel. – Teremos a eficiência dos magros e ágeis.

Mas Morel tinha de admitir que também estava faminta. Só a lembrança de sua menina humana a impulsionava adiante. Fazia anos que as duas haviam sido separadas, e, enquanto atravessava as trepadeiras à sua frente, Morel de repente se lembrou do amor que sua humana nutria pelos pomares. A menina sempre tinha preferido um tipo bem específico de fruta e, quando caminhava entre as árvores, Morel a seguia de perto, garantindo que somente as melhores caíssem aos pés de sua protegida. A recordação, de uma época já quase esquecida, era tão boa e perfumada que Morel quase podia sentir o cheiro dela.

– Maçã – ela falou para si mesma, e suspirou.

– Eu não tenho muita certeza do que é isso – disse Leek –, mas *com certeza* parece cheiro de maçã!

FUGA DA CARTOLA

Morel voltou às pressas de seu devaneio e olhou adiante. Cerca de quinze metros à frente havia uma clareira e, sentada sob o estreito raio de luar, estava justamente o que ela havia farejado: uma espécie de maçã. Só que aquela maçã era quase preta, e algo em seu odor não era exatamente o que deveria ser.

– Bem, seja lá o que for, eu acho que o cheiro é delicioso! – exclamou Hamelin, a barriga gorgolejando em concordância.

E, dizendo isso, o ratinho saiu correndo, com Leek, ansioso, logo atrás. Logo uma maçã! A sorte estava com eles, afinal, mesmo na Selva Maldade Primitiva.

Enquanto a dupla seguia às pressas na direção do prêmio, os bigodes de Morel se contraíram de apreensão. E de repente ela se lançou na direção dos amigos, pois havia reconhecido o cheiro que não parecia certo e estava disfarçado de maçã.

Antes que conseguisse gritar, uma grande rede saltou de um amontoado de folhas pretas. A espada e a lança de Morel caíram no chão, assim como a maçã traidora, e os companheiros puderam apenas olhar para baixo, suspensos como estavam, enquanto figuras escuras se reunião debaixo deles.

O cheiro que Morel sentira era de uma armadilha.

Cruelmente amordaçados e firmemente amarrados, os companheiros logo se viram presos pelas quatro patas a uma vara, que Morel, com uma careta, reconheceu ser sua lança. Na lança dela eles balançavam, enquanto pequenas criaturas, mascaradas pelas sombras, carregavam o trio pelo meio da floresta.

Morel se contraía e retorcia, mas as trepadeiras que a prendiam eram fortes demais para se romper. E a mordaça amarga em sua boca a impedia de verbalizar qualquer tipo de reclamação sem educação. Por fim, ela cedeu e parou de lutar. Ela iria esperar, conservar suas forças e esperar que mais tarde surgisse uma oportunidade de reagir.

Não demorou nada para que os prisioneiros perdessem totalmente o senso de direção e, um a um, caíssem no sono. Hamelin foi atormentado por pesadelos e mais de uma vez estremeceu, sentindo um medo horroroso.

Leek, por outro lado, teve sonhos bem agradáveis com seu menino. Mas acordou com um sobressalto, quando foi brutamente descarregado no chão e depois cutucado e espetado da cabeça às patas. Apesar de estar amarrado, Leek conseguiu se endireitar e, sentado, observou a figura que o empurrava.

Era um porco.

O porco estava pintado com desenhos tribais, e ornamentos esculpidos pendiam de seu focinho e das orelhas. Em termos de roupa, o porco não usava muita coisa, e nada além de uma tanga escondia seu bumbum balançante. Mas o que mais impressionava em relação ao porco era seu tamanho: mal ultrapassava Hamelin em altura, embora fosse substancialmente mais ameaçador. Leek disse, quase sem ar:

– Quem, ou o quê, é você?

– Eu sou Kadogo – roncou o porco –, rei dos Pançudos Minúsculos.

– Bem, meu nome é Leek – respondeu o coelho –, e não gosto muito de ser espetado.

– Você não tem muita gordura – afirmou Kadogo.
– Mas isso vai deixar a minha médica contente. Ela anda meio preocupada com o meu colesterol.

— Exijo ser solto neste instante! – gritou Leek. – Meus companheiros e eu não temos nenhum assunto com você nem com a sua tribo.

— A guerreira tem – disse Kadogo, sorrindo e apontando para Morel. – Nós até precisamos substituir a mordaça dela. Ela é muito rude.

— É, sim, às vezes – Leek admitiu. – Mas ela é fundamental para a minha viagem. Ela é minha guia, sabe?

— Não é mais – roncou Kadogo. – A partir de agora, ela é nosso jantar!

— Jantar! – exclamou Leek. – Ora, é claro que você não quer dizer que...

— Silêncio! – urrou Kadogo. – Você fede a monstro marinho! E agora você terá o destino de todos os que invadem o meu reino. É hora do banho!

Ao ouvirem isso, dúzias de pançudos reunidos ao redor explodiram em gargalhadas e gritos. Muitos correram para a frente, carregando madeira e palha, que logo produziram uma chama. Por cima do fogo foi colocado um caldeirão enorme, cheio até a borda de um caldo que rapidamente começou a borbulhar e soltar vapor. Então, para imenso horror de Leek, seus captores suspenderam o trio bem alto e depois os derrubaram, um a um, para cozinhar. As patas de Leek ainda estavam amarradas, e a mordaça de Morel continuava firme no lugar. O cheiro de coelho fervendo logo dissipou as últimas esperanças de Leek.

Porém, enquanto Kadogo dançava em volta do grande caldeirão, Leek conseguiu se soltar só um pouco e esfregar a pata nas costas dele.

De repente, uma vozinha se fez ouvir, alta e clara, acima dos tambores e dos cantos dos pançudos dançantes.

– Esperem! – gritou Hamelin, o ratinho. – Eu tenho um último pedido!

Kadogo se virou e, com um aceno de sua pata, todo o acampamento de pançudos se calou.

– Peça qualquer coisa, exceto misericórdia, e eu concederei – disse Kadogo.

– Grande rei – disse Hamelin, com voz calma e firme –, isso tudo não passa de um terrível engano. Tenho uma dívida com esses dois coelhos e, agora, temo nunca poder pagar. Assim, humildemente peço, poderoso Kadogo, que eu possa homenageá-los, nesse momento final, com meu último fiapo de fôlego.

Morel, apesar de amarrada e amordaçada, revirou os olhos ao ouvir o pedido de Hamelin, e Kadogo soltou vários óincs risonhos.

– Mesmo sem poder falar, a coelha é rude! Mas que seja. Vamos ouvir você, ratinho, antes de comer nosso ensopado.

E, dizendo isso, Kadogo tirou uma grande faca de pedra da cintura e cortou as cordas que prendiam o ratinho. Hamelin levou um instante para se recuperar e depois subiu na borda do caldeirão para, com todo o orgulho, tocar sua canção final. Do meio de seus pelos, ele retirou a flauta, que brilhou ao luar e à luz das chamas. Kadogo apertou os olhos, à espera do que viria. Enquanto as labaredas subiam na direção do céu, começou a última música de Hamelin.

Era uma melodia simples, que o ratinho nunca tinha tocado antes. Algumas músicas ficam adormecidas no coração de um menestrel, você sabe, às vezes por muitos anos. Algumas delas, infelizmente, nunca vêm à tona e permanecem não tocadas para sempre. Mas outras, e com frequência as do tipo mais refinado, simplesmente esperam até que a hora certa

chegue. Esse era o tipo de música que saía da flauta de Hamelin, e a tribo de Kadogo ficou boquiaberta com sua pura beleza.

Para os minúsculos pançudos, para Leek e até para Morel, era uma música que chegava até os vales mais escondidos de suas almas e mandava embora toda a tristeza, mesmo que por pouco tempo. Kadogo sentiu que estava flutuando, e a faixa de pelos ásperos que corria em suas costas tremelicou e se arrepiou. Ele desejou que a música não acabasse nunca.

O rato continuava tocando de olhos fechados a melodia que brotava de seu coração. Aquele era seu presente para Leek e Morel, e ele não tinha nada mais grandioso para oferecer.

Conforme a melodia se espalhava pela escuridão da noite, até o luar parecia mais vivo. Pois os raios absorviam a música e, junto com ela, o espírito nobre de Hamelin. E, em alguns pequenos pontos no solo da floresta, onde o luar atingia a terra, a rocha preta estremeceu como se tivesse sido tocada por algo vindo de baixo, muito distante e profundo.

Desses pontos emergiram pequenos fungos, de uma coloração azul-marinho, que surgiram em busca da fonte da música.

Quando as notas finais da melodia de Hamelin flutuaram no ar e sumiram, Kadogo abriu os olhos sabendo que, de alguma forma, o vazio dentro dele tinha sido preenchido. Porém, quando o grande chefe olhou ao redor, ele piscou e piscou de novo, incrédulo.

– As trufas – ele gaguejou. – As trufas voltaram!

CAPÍTULO CINCO

Millikin sibilou e cuspiu. O vilão miserável estava fora de si de tanta raiva. Enquanto ele percorria feito uma tempestade a fortaleza preta dos gatos, seus irmãos saíam do caminho aos pulos. Millikin estava tão zangado que até os amigos dele sentiam medo dele.

Quando o olheiro chegou de volta, Millikin estava se preparando para entrar na torre e retomar o assunto de Cecil Bean. Foi bem nessa hora que chegou a notícia: apesar de terem sido recentemente devorados por um monstro aquático carnívoro de proporções pré-históricas, Leek e a coelha acabavam de ser vistos na selva. Como se não bastasse, aparentemente estavam viajando em companhia de um rato, o que acrescentava uma afronta considerável ao orgulho já ferido de Millikin.

Se as coisas continuassem daquele jeito, todo mundo na Cartola acabaria dando risada de Millikin. E se, de algum jeito, Leek conseguisse entrar na fortaleza (uma circunstância absolutamente impensável), bem, Millikin concluiu que só lhe restaria desistir de tudo, retirar-se para viver em um buraco, alimentar-se de lesmas, deixar crescer uma barba bem grande e compor poemas depressivos que ninguém jamais leria.

Mas Leek nunca conseguiria invadir a fortaleza, Millikin garantiu a si mesmo. Todas as trilhas da selva levavam a postos avançados pesadamente fortificados, e é claro que sempre havia os pançudos. Suas arminhas patéticas não eram páreo nem mesmo para o menor dos Turvo-Curvos, isso era certo, e a quantidade de pançudos havia diminuído bastante desde o sumiço das trufas. Mesmo assim, pensou Millikin, os porcos eram guerreiros implacáveis, e certamente se poderia contar com eles para caçar e dar cabo de dois coelhinhos e um rato.

Mas Millikin não deixaria a questão de Leek ao acaso. Assim, marchou para o porto de lançamento, o rabo preto sinistro ordenando que os aliados o seguissem. Lá chegando, Millikin montou sobre uma grande ave de rapina de ferro, terror dos ares e anunciadora de destruição.

– Montem nos Turvo-Curvos, soldados da escuridão, e subam aos céus! – ele gritou. – O coelho Leek ainda está vivo, e sobre a cabeça dele eu hei de derramar a minha vingança!

E baixinho para si mesmo ele sussurrou:

– E talvez, então, eu seja feliz.

– Trufas são muito tímidas, sabe? – Kadogo estava explicando. – Não é preciso muita coisa para assustar uma trufa.

Leek concordou com a cabeça e massageou os punhos, que ainda traziam as marcas das amarras grudentas. Morel, sentada ali perto, afiava a lâmina da espada com uma pedra, e Hamelin, coberto de honras, descansava reclinado em uma confortável cama de folhas, à direita do rei pançudo. O restante da tribo de Kadogo perambulava em meio às trufas, inspirando o perfume terroso pelo qual tanto haviam ansiado.

– Meu povo vem caçando colônias de trufas há incontáveis gerações, em longas migrações por toda a Selva Maldade Primitiva. E sempre nos sentimos contentes nas nossas viagens, pois vagar por aí é típico dos porcos. Desde o início dos tempos, nós caçamos trufas como nômades, comemos as maiores e nos vestimos com suas cascas.

– Vocês comem as trufas? – Leek até se engasgou. – Ora, então não é de admirar que elas tenham medo! Eu seria tímido, também, se fosse uma trufa!

– Ah, mas as trufas querem ser comidas. É uma questão de multiplicação – disse Kadogo.

– Entendo – assentiu Leek, apesar de na verdade não entender muito bem o que o grande rei estava querendo dizer.

– Veja só: nós, Pançudos Minúsculos, nascemos como porcos ou porcas, assim como os coelhos.

– Eu não sou porca, não – rebateu Morel.

— Mas as trufas — continuou Kadogo — são simplesmente trufas. Elas não são nem machos nem fêmeas. Elas não se apaixonam nem namoram e, portanto, são incapazes de se multiplicar. Quer dizer, elas não conseguem se multiplicar sem a nossa ajuda. Pançudos e trufas têm uma relação simbiótica (que é uma forma complicada de dizer que porcos e trufas precisam um do outro e que os dois tiram proveito da troca). Quando uma trufa está madura, um porco a come com todo o prazer. E, quando ela passa por dentro do nosso corpo (aqui, as boas maneiras me impedem de entrar em detalhes), suas sementes são fertilizadas e espalhadas. Assim, mil trufinhas surgem e assumem seus lugares na colônia.

Como se tivesse recebido uma deixa, uma trufa subiu pela lateral do grande rei e pulou alegremente para dentro de sua boca.

— Assim — disse Kadogo, sorrindo —, o ciclo da vida continua.

Mas o semblante do grande rei ficou sombrio.

— Só que os tempos mudaram, com o advento das tecnologias dos felinos. Nós sempre compartilhamos esta terra com os gatos, cada tribo simplesmente cuidando da própria vida, do modo como a Mãe Lua acha adequado. Mas os gatos aumentaram demais, impulsionados pela ânsia por azar, que foi longe demais sem ser detida. Agora, os Turvo-Curvos deles rasgam a calmaria da noite. Os rugidos ensurdecedores assustam as trufas e as mandam para as profundezas da terra, para além do alcance até dos nossos melhores farejadores. Por muitos anos, eu, Kadogo, procurei algum jeito de trazê-las para a superfície outra vez, e sempre fracassei. Mas nesta noite sagrada, meu bom Hamelin, você proporcionou nossa doce reunião. Ao seu talento nós haveremos de cantar, enquanto os pançudos existirem.

E o rei acrescentou, um pouquinho envergonhado:

– Nós não queríamos realmente comer vocês. Para o meu paladar, carne de coelho tem um gosto meio estragado.

– Bem – Leek falou, sorrindo –, nenhum mal foi feito, nenhuma ofensa foi cometida. Pessoalmente, acho o cheiro de bacon delicioso, apesar de eu ser, claro, estritamente vegetariano.

– Que os seus jardins sempre lhe ofereçam frutos – desejou Kadogo. – E agora, amigo Leek, como a tribo de Kadogo pode ajudá-lo em sua busca?

– Estamos procurando a fortaleza dos gatos – informou Morel, em uma voz baixa que fez Kadogo se encolher.

– Isso significaria o seu fim, e eu não vou testemunhar a sua extinção – respondeu o rei. – Em lugar disso, eu os convido a se juntar ao nosso clã. Percorram a selva conosco. Guerreiros são sempre bem-vindos à tribo do Rei Kadogo.

– Muitíssimo obrigado – disse Leek. – Mas eu realmente preciso voltar para o meu menino, no mundo que eu chamo de lar. No que me diz respeito, basicamente é a grande torre assustadora ou nada.

– Mesmo assim – murmurou Kadogo –, para chegar à torre, vocês precisam passar pelas Grutas de Má Reputação, onde só existe escuridão.

– Bem, era bem escuro dentro do monstro marinho. Como poderia ser pior? – indagou Leek.

– Mas ah, amigo Leek, não é a escuridão em si que vocês devem temer, e sim aquele que no meio dela aguarda. Pois dizem que nas profundezas da caverna espreita um velho demônio. Com frequência nós escutamos seus uivos de fome e ira.

Bem nessa hora, ouviu-se ao longe um grito de desespero, um lamento horrível, que fez o sangue dos coelhos congelar. Leek não conseguiu evitar um estremecimento, um frio de mau agouro percorrer cada uma de suas veias, mas Morel simplesmente ficou de pé e levantou a lança.

– Não existe outra forma? – ela perguntou ao chefe da tribo.

– Não, coelha. Seu caminho só conduz para baixo, aonde até as trufas têm medo de ir.

– Então para baixo nós iremos – disse Morel –, e enfrentaremos o que nos aguarda. Não tenho medo da escuridão nem do que no meio dela aguarda, pois eu sou Morel e me pronunciei.

– Então, que assim seja – declarou Kadogo, que não gostava da ideia de entrar em uma discussão com Morel. – Nós os conduziremos até a entrada do covil, e lamentaremos sua morte em uma canção.

– Já houve música suficiente por uma noite – retrucou Morel, revirando os olhos.

E, dizendo isso, ela se pôs em marcha, passou pela fogueira e rumou na direção do grito, que ainda ecoava em seus ouvidos.

Cecil se levantou cedo, um pouco dolorido, mas, fora isso, intacto. O menino rapidamente se fortaleceu comendo um sanduíche, que ele cortou em duas partes caprichadas, usando o canivete. Uma parte dele teria gostado de uma caneca de chá quente com uma dose generosa de mel, porém, fosse qual fosse essa parte, ele decidiu ignorá-la. Às vezes, Cecil raciocinou, em busca de objetivos maiores um aventureiro precisa deixar de lado certos confortos. E o objetivo de Cecil, que se apresentava enorme à sua frente, era encontrar o vilão Imbróglio e a cartola que não era dele.

Assim, Cecil Bean andou diretamente em frente, na direção do horizonte, que é sempre onde está a aventura. Seguindo o rastro de azar em todas as cidades nas quais entrava, Cecil apenas podia observar os variados infortúnios dos aldeões porque alguns deles se desenrolavam bem diante de seus olhos. E, apesar de não ter certeza absoluta, ele sentia que estava se aproximando. Porque, ao contrário do Não Tão Grande Imbróglio, Cecil nunca parava para colocar armadilhas para coelhos nem para fazer truques totalmente sem graça. Ele só parava para dormir e, mesmo assim, o sono era pouco mais que uma soneca revigorante. Fora isso, Cecil andava e andava, e, quando o sanduíche tinha sido devidamente digerido, ele até corria um pouco.

Mas outra vez, como já tinha acontecido no dia anterior, Cecil caminhou o dia inteiro sem ter nem mesmo um ligeiro vislumbre do trailer caindo aos pedaços de seu alvo. O poente baixou como um cobertor grosso de lã sobre a floresta que se estendia adiante, e Cecil observou com atenção as nuvens escuras que se juntavam, anunciando uma tempestade. Quando os primeiros pingos gordos caíram pesadamente sobre ele, Cecil examinou a escuridão ensopada, esperando encontrar outra árvore com um buraco no qual pudesse passar a noite. Mas é claro, pensou Cecil, que isso exigiria um pouco de sorte, e ele não parecia estar com muita.

Foi quando, em meio à escuridão, ele divisou a chama azul brilhante de um fogão a gás.

Cecil avançou discreto como um assassino e logo viu a silhueta espalhafatosa de um trailer. O menino prendeu a respiração diante da visão, não fosse sua presa vê-lo. Mas tudo estava silencioso, e, quando Cecil se atreveu a respirar de novo, seu nariz captou um aroma delicioso.

Salsichas, ele pensou. O bandido descarado está assando salsichas de carne suína fresca, pelo cheiro que estou sentindo.

– Estou sentindo o cheiro também – Leek disse, e estremeceu.

Conduzidos por Kadogo e seus guerreiros, os companheiros tinham viajado por incontáveis léguas através do coração escuro da selva, sem seguir nenhuma trilha claramente visível, até onde Morel conseguia perceber. Para Kadogo, porém, o caminho era perfeitamente óbvio. Pois o focinho sensível do soberano seguia agora um fedor muito específico, que ficava mais forte conforme o grupo avançava. Dali a pouco, até o focinho diminuto de Hamelin se contraiu, em franca revolta.

– Estou farejando o mau cheiro de infelicidade – cochichou o rato. – E tenho mais medo desse futum pútrido do que de qualquer outro. Ora, é mais fedido até do que xixi de gato!

– Você tem razão em estar com medo, meu amigo – disse Kadogo –, porque o cheiro que está sentindo é do seu próprio xixi!

Então, como se expulsas pelo odor podre no ar, até as árvores deram lugar a um deserto estéril, no centro do qual havia um buraco. De suas profundezas subiam vapores verde-escuros, que envolveram os viajantes com o cheiro amargo do desalento (o que significa dizer que era um fedor realmente horroroso).

– Ali está a trilha – disse Kadogo. – Mas eu lhes imploro mais uma vez, meus amigos: fiquem conosco e vivam em mais do que merecida honra.

– Obrigado, ó rei, por tudo o que fez por nós – agradeceu Leek. – Mas agora nossos caminhos devem se separar. Se fizermos uma boa viagem, os meus companheiros e eu, teremos somente você a agradecer.

– E, se não fizermos, terá sido a nossa coragem que falhou, e não a de Kadogo – falou Morel.

Kadogo sorriu.

– Vocês dizem belas palavras, e, em agradecimento, eu lhes concedo um presente que só um rei pode oferecer.

Kadogo então estendeu um jarro de argila marcado com a escrita rúnica de seu povo. A tampa tinha furinhos, pois o que estava lá dentro era vivo.

– Dentro deste vaso sagrado eu coloquei o meu maior tesouro, guardado desde que eu era um leitãozinho. Pois todo rei, antes de ascender ao trono, precisa provar seu valor sobrevivendo sozinho na selva infinita durante doze luas, tendo apenas seu arco e flecha e sua inteligência para protegê-lo em momentos de necessidade.

– Esse costume parece justo – disse Morel. – Só os mais valorosos podem liderar.

– Minha provação foi cruel – continuou Kadogo –, e eu vaguei pelos cantos mais tenebrosos desta terra. Mas foi lá, onde até o meu espírito radiante vacilou e quase desapareceu, que eu vi duas esferas brilhantes de luz dançando bem diante dos meus olhos, pairando no alto como algum tipo esquecido de feitiçaria. Essas luzes me reconfortaram e reacenderam a chama em meu peito. Então eu as peguei do ar e voltei em triunfo para o meu povo. Até hoje, elas brilham com uma esperança que nunca pode ser extinta. Meu pai, em seu último suspiro, falou de uma visão, e disse que minha esperança tinha chegado até mim vinda de uma terra para além da minha. Essa terra, acredito, deve ser a de vocês também, venturoso Leek e valente Morel. Assim, eu dou o presente da luz a vocês, que ousam ir tão fundo. Que lhes sirva bem.

– Sua luz há de brilhar sobre a minha lança e dar a ela ainda mais glória – falou Morel.

– Sim, muito obrigado – acrescentou Leek. – É um presente fabuloso.

Nesse mesmo instante, uma sombra passou na frente da lua da Cartola. As costas peludas de Kadogo se arrepiaram em súbito alarme, e seus olhos pretos afiados se estreitaram, enquanto ele olhava para o céu.

– Os Turvo-Curvos estão sobre nós! – ele roncou. – Para o abismo, antes que eles desçam, ou sua jornada vai acabar aqui e agora!

– Não vou recuar da batalha – gritou Morel. – Eles que venham e sintam minha ira!

– Nada disso, coelha escudeira – disse Kadogo com um brilho no olhar. – Confie agora no poder dos arcos dos pançudos. Prossigam em sua busca, e voltem ao mundo ao qual pertencem.

Os Turvo-Curvos mergulharam do céu em manada, os motores gritando com ódio. O movimento de suas asas repugnantes varreu a trupe com a força de mil tempestades, enquanto os motores trepidantes grasnavam do alto seus alertas de morte.

À frente dos demais, Millikin pilotava a besta com ira nos olhos e maldade no coração. Exibindo os caninos, ele gritou, para os que o seguiam:

– Uma tonelada métrica de erva-dos-gatos para quem me trouxer Leek! E desgraça, desonra e desmembramento para todos os que o deixarem escapar! Ataquem! Ataquem sem dó nem piedade! E, nem preciso dizer, nenhuma compaixão pelo rato!

– O que podem arcos contra esse rebanho tenebroso? – perguntou Hamelin. – Suas flechas não são páreo para a cobertura de ferro!

— A armadura deles pode ser grossa, meu amigo Hamelin — vaticinou Kadogo, encaixando uma flecha no arco —, mas até as máquinas precisam respirar. Portanto, vamos mirar no focinho delas.

Kadogo disparou, e a flecha saiu voando silenciosamente, agilmente, precisamente, riscando o céu na direção do Turvo-Curvo à esquerda de Millikin. O piloto só conseguiu dizer um palavrão, quando a seta atingiu o alvo, acertando o nariz de sua montaria. Lá ela se alojou, e o Turvo-Curvo se sacudiu e explodiu com um assovio agudo, o ocupante despencando na selva com um miúdo miado de medo. Hamelin jamais tinha imaginado uma coisa daquelas. E, quando os guerreiros pançudos lançaram sua saraivada de flechas, o rato guinchou com súbita paixão.

— Me empresta um arco, Kadogo. Hoje eu me junto a vocês na batalha, mesmo sendo um tampinha.

— Nós, pançudos, temos um ditado antes de partir para a guerra — disse o chefe, sorrindo. — Altura não tem nada a ver com isso.

— Coelhos! — Hamelin chamou. — Vão embora, agora, à procura de seus humanos, e pensem em mim quando vocês derem sorte a eles!

– Pensaremos! – exclamou Leek, desajeitadamente empurrando Morel para dentro do buraco. – Que os seus feitos sejam dignos de música!

– Já houve música suficiente por uma noite – respondeu Hamelin, apontando o arco para o céu.

E, dizendo isso, o rato disparou para cima, mirando o maior dos Turvo-Curvos, o olhar frio e vazio focado exclusivamente em sua presa. A flecha assoviou suavemente até o alvo, e, quando o Turvo-Curvo caiu por terra, seu volume imenso preencheu o buraco onde, apenas um instante antes, estavam os leais amigos de Hamelin.

Emergindo dos destroços retorcidos, veio Millikin, seus olhos verdes e frios inflamados de maldade e raiva. Mas, ao olhar ao redor, para a grande confusão que havia provocado, viu o reflexo das flechas tribais brilhando, frias e impiedosas, à luz do luar. Como se fossem uma só, as setas apontavam para ele. Millikin foi freado por cascos poderosos. Em uma voz que até tremia, de tanta vergonha, o gato selvagem gritou:

– Turvo-Curvos, bater em retirada! O coelho Leek foi ao encontro da morte certa nas entranhas da terra!

E agora eu, Millikin, provedor dos destinos mais injustos e indesejados, hei de voltar para Cecil Bean!

– Pois vá-se embora de uma vez, seu patife imundo – falou o grande Kadogo. – Volte para o esgoto frio e úmido de onde você saiu e deixe meus porcos em paz.

Millikin encarou o chefe, cujos dentes pareciam terrivelmente afiados. Talvez, Millikin pensou, ele tivesse subestimado os pequenos porcos, que não pareciam mais tão pequenos assim. Mas Millikin não estava sozinho, como os verdadeiros covardes em geral não estão. E, quando um pássaro de ferro mergulhou para resgatar Millikin, ele ainda cuspiu uma despedida final.

– Porco! O terreno que você pisa é domínio meu, e você anda nele porque eu permito. Preste homenagem aos seus superiores, ou eu destruirei toda a floresta e todos os que nela vivem! E quanto a você, rato, não passa de um roedor patético, e a nossa disputa está longe de acabar.

– Acho que não – discordou Hamelin, enquanto as últimas palavras praguejadas por Millikin sumiam ao longe. – E vou lhe dizer, Kadogo! Eu adorei esse negócio de batalha! E simplesmente amei o cheiro de gato chamuscado pela manhã.

– Não é de manhã – falou Kadogo, muito sério. – No meu mundo, só existe noite. No entanto, amigo Hamelin, o mais valoroso dos ratos, temo que nossos amigos já tenham sido devorados como café da manhã.

CAPÍTULO SEIS

Grande Imbróglio bocejou, cutucou o nariz e pendurou a cueca para secar.

Seu sono tinha sido agitado, incomodado por um sonho altamente perturbador e, apesar de ter considerado tirar uma soneca antes de levantar acampamento, acabou se decidindo contra isso. Não queria se arriscar a ter aquele pesadelo de novo.

No sonho, um exército de guerreiros sitiava o trailer, cercava-o durante a noite. Seu quartinho apertado era perfurado por mil lanças, e Imbróglio não tinha escolha a não ser cambalear para fora vestindo apenas sua única cueca, que, percebeu desanimado, ele tinha molhado. Lá fora, sob o céu em chamas, os guerreiros apontaram para a cartola, que estava de cabeça para baixo esperando por ele. De alguma forma, a cartola tinha crescido até chegar ao tamanho de uma banheira quente. Na borda dela, os guerreiros colocaram uma prancha, pela qual Imbróglio foi obrigado a andar, enquanto era espetado e vaiado. Imbróglio andava tropeçando, e a prancha balançava e se curvava ao peso dele. Ele olhou para baixo, caiu no vazio e sumiu.

Não, decidiu Imbróglio, uma soneca estava totalmente fora de questão.

Assim, o homem se pôs a arrumar seus poucos pertences e a levá-los para dentro e para cima do trailer. Enquanto suspendia um velho baú preto para o teto do trailer, passou por sua cabeça que o baú parecia estranhamente pesado. Mas daí ele se lembrou de outro detalhe do sonho.

Os guerreiros todos tinham longas orelhas.

Muito esquisito, pensou Imbróglio, enquanto enxugava o suor da testa. Muito esquisito, realmente, e mais esquisito até do que um baú estranhamente pesado. Sem dúvida, ele só estava cansado por causa de uma noite tão agitada.

Mas Imbróglio sabia o que o faria sentir-se melhor. Hoje, ele iria capturar mais um coelho e, em seguida, enfiá-lo na cartola. Ah, como a multidão bateria palmas – pois todo mundo adora mágica. O próprio Imbróglio sempre tinha adorado mágica, e essa era a razão pela qual se tornara um mágico tão bom. Sim, claro que isso o faria sentir-se melhor. Sempre fazia.

Imbróglio deu um chute no trailer, que estalou e resfolegou, e se espremeu dentro da cabine. Sim, tudo ficaria bem. Só do que ele precisava para começar o dia era um nabo, que ele pretendia roubar na primeiríssima oportunidade.

Assim, o trailer se afastou devagar, ligeiramente mais pesado do que estava no dia anterior.

– O Kadogo não estava brincando – Leek cochichou. – Aqui dentro está tão escuro que é como se estivéssemos usando óculos de sol, presos dentro de uma caixa, à meia-noite. Eu sugiro que a gente use o jarro mágico de luz do chefe.

– Não podemos nos arriscar a usar a mágica – disse Morel –, vai que ela atraia algum mal sobre nós.

– Ah! – cochichou Leek –, eu não tinha pensado nisso.

– É por isso que eu penso por nós dois – respondeu Morel. – Não, nós temos de seguir caminho acompanhando as paredes do túnel, usando o tato, e permanecer alertas aos perigos à frente.

– Muito bem – disse Leek. – Prossiga.

Mas Morel já havia partido, como era típico dela, e Leek saiu pulando bem depressa para alcançá-la.

A fedentina no subterrâneo era tão sufocante que, por dentro, Morel estava com medo de desmaiar. Mas ela se firmou contra o ataque e foi em frente. Ela havia enfrentado muitos inimigos durante sua temporada na Cartola, e simplesmente se recusava a ser derrotada por um cheiro. Ninguém canta em homenagem a guerreiros derrotados por um fedor, Morel refletiu. Quando por fim chegasse sua hora, ela queria tombar em batalha, com honra. Aí, sim, sua tribo cantaria por ela. Quer dizer, desde que eles ficassem sabendo, o que era uma questão totalmente diferente.

Enquanto eles percorriam o túnel, mantendo-se perto da relativa segurança da parede, as pedras onde pisavam começaram a ficar mais quentes a cada passo. Talvez, pensou Morel, conforme iam mais fundo na Cartola, eles estivessem se aproximando de uma piscina geotermal ou de um lago de lava derretida. Havia muitas explicações para o calor, e nenhuma delas era necessariamente assustadora.

Então, ela ouviu um som que era necessariamente assustador: um som de respiração. Com ele, veio também uma rajada de ar quente e denso, o que explicava o calor das paredes.

– De onde está vindo isso? – guinchou Leek atrás dela. – Tem um cheiro horrível!

– Fique quieto e faça o que eu mandar – foi a resposta um tanto rude.

– Ora, espere aí um minuto – disse Leek. – Eu quase sempre faço o que você manda, e me sinto obrigado a comentar que, uma vez, um "por favor" seria muito bem-vindo.

– Quieto, seu bobão! – exclamou Morel.

– Bem, isso não foi nada bonito – continuou Leek, erguendo a voz. – Eu posso não ser uma valente princesa guerreira, mas, no lugar de onde eu venho, somos ensinados a ter educação. E não darei mais nem um passo, nem ficarei quieto, sem um "por favor". Simplesmente não darei.

Porém, mesmo que Morel tivesse querido dizer "por favor", o que na realidade não queria, ela não respondeu. Pois, antes mesmo que ela tivesse tempo de ficar irritada, um rugido atingiu os dois coelhos como se fosse uma onda supersônica de raiva.

Morel recuou dois passos e, no silêncio que veio depois, ela se atreveu a espiar a escuridão à frente, e de lá captou a visão de uma espécie de sombra que se mexia.

– Corre! – ela gritou para Leek. – Por favor.

Leek não conseguiu correr, pois suas patas se recusavam a se mexer. Na verdade, o medo de Leek ficou de repente tão grande que ele se esqueceu de que tinha patas e até do que significava correr. Ele tinha a ligeira impressão de que correr era uma coisa que ele conhecia, mas, no momento, só o que Leek conseguia fazer era tremer da ponta dos bigodes ao fim de seu rabo de pompom de algodão.

Morel não estava tremendo, pois sabia que sua hora havia chegado. Aquele era o momento pelo qual sua lança havia esperado, e aquele era o momento sobre o qual sua tribo cantaria. Mas para merecer tal honra ela teria de reunir tanta coragem como nunca antes. Enquanto a sombra ficava ainda mais escura diante de seus olhos, com seu tamanho de mamute e formato de pesadelo, Morel se preparou para lutar pela própria vida e pela de Leek. Erguendo a arma diante de si, ela falou como falam as pessoas diante da morte certa.

– Sombra da escuridão – ela gritou, em uma voz carregada de determinação sombria –, à sua frente está Morel, a mais poderosa das coelhas destas terras selvagens, armada de espada e lança!

A forma escura se aproximou ainda mais, revelando um tamanho superior a qualquer possibilidade, e, para enorme surpresa de Leek, seus tremores subitamente pararam. Talvez fosse por causa de Morel. A coragem dela poderia ser contagiosa. Mas não, Leek percebeu, não era nada daquilo. Morel continuou:

– Para caçar os fracos você pode emergir da profundeza, mas ouça atentamente o que direi com franqueza. Há muito tempo eu caminho, e contra o medo luto com destreza. E, apesar de talvez tombar hoje mesmo, você aqui não encontrará fraqueza.

FUGA DA CARTOLA

Com um grito, a sombra se virou e saiu correndo.

Morel ficou espantadíssima, mas mais espantada ainda ficou quando, precisamente seis segundos depois, ela se viu saindo correndo atrás, soltando um grito de guerra que fez tremer até as paredes ao redor. Mas o cúmulo do espanto foi o fato de Leek estar na frente dela, correndo como só um coelho consegue correr.

O túnel subia e descia, e Leek deslizava nas ladeiras escorregadias, com Morel em seus calcanhares. Ao contrário de sua companheira, Leek não soltou nenhum poderoso grito de guerra. Ele não queria guerrear. Leek tinha em mente uma coisa totalmente diferente para a sombra à sua frente e, conforme ganhava terreno, esticou a pata e, sem deixar de correr, a afagou.

A sombra calculou mal a forma do túnel: com um estrondo retumbante e um berro de dor, ela bateu sonoramente contra a parede. Leek, por sua vez, bateu contra a sombra, e Morel bateu em Leek, quase perfurando o amigo com sua lança.

Tal foi a força da fatídica colisão que o sagrado jarro do Rei Kadogo se espatifou em mil pedacinhos.

No silêncio que se seguiu, duas minúsculas esferas de luz saíram, seguidas por uma dúzia de outras. E, conforme o túnel ficava cada vez mais iluminado, as pequenas esferas subiram, como se fossem uma só, até a cabeçorra do monstro, pois agora a sombra não era mais uma sombra. Chifres imensos despontavam de um mar de cabelos desgrenhados, e verrugas do tamanho de Leek enfeitavam o queixo do monstro. Quando os olhos do monstro se arregalaram de curiosidade e maravilhamento, as luzes subiram até ele e formaram uma espécie de coroa.

Leek até se engasgou.

– São vaga-lumes!

– Acho que você tem razão – cochichou Morel. – Mas eu achei que o Kadogo tinha dito que eram só duas.

– Ora – respondeu Leek, entendendo –, elas devem ter se multiplicado!

– Que lindo! – exclamou o monstro. – Tão pequenininhos e mesmo assim tão luminosos. Que sorte que, aqui no meio das cavernas, essas luzinhas tenham vindo até mim.

(Apesar de incapazes de verbalizar sua alegria, pois é claro que os vaga-lumes não têm cordas vocais, eles estavam igualmente contentes. Porque, veja só, os vaga-lumes haviam se conhecido, muito tempo antes, no mundo que tem sol. Com o tempo, os dois se apaixonaram e se casaram. Mas o vaga-lume macho ganhava um salário muito modesto, e uma lua de mel no exterior estava muito além de seus meios. Assim, ele e o vaga-lume fêmea decidiram deixar sua casa ao acaso e sair para um grande passeio antes de se estabelecerem. Foi assim que eles acabaram parando para descansar em uma cartola, com resultados mais do que inesperados. Não demorou nada e eles se viram colocados em um jarro de argila, que certamente tinha lá seu charme, apesar de faltarem armários. Quando o vaga-lume fêmea anunciou que teria filhotinhos, o marido ficou exultante, felicíssimo. Mas, quando sua cara-metade falou sobre um ninho aconchegante, onde os instintos maternais dela poderiam ser desempenhados adequadamente, ele ficou preocupado ao ponto do desespero. Quando os filhos chegaram, um depois do outro, depois de várias dúzias de outros, as acomodações ficaram realmente muito apertadas.

No entanto, agora, bem diante de seus olhos, estava uma grande cabeleira desgrenhada, quentinha e muito convidativa, onde o casal poderia criar os filhotes e viver felizes para sempre. O vaga-lume fêmea até pensou que eles poderiam construir um casa simples, com cerca branca de estacas, e o vaga-lume macho anunciou que iria até o orfanato mais próximo e adotaria uma mosca. A esposa concordou, desde que o marido se encarregasse de limpar o cocô.)

O monstro suspirou em silenciosa contemplação, encantado com a luz, e depois, de repente, lembrou-se dos bons modos. Virando-se para os pequenos coelhos castanhos de pé entre seus dedos dos pés, ele falou, em voz humilde.

– Oi – ele cumprimentou. – Eu sou o monstro da caverna. Meu nome é Gordon.

– Oi – respondeu Leek, sorrindo. – Meu nome é Leek, e esta é a minha guia, Morel.

– São lindas, não são? – Gordon cochichou. – Essas luzinhas dançantes.

– Incríveis – concordou Leek. – O meu menino, Cecil Bean, também adora vaga-lumes.

– Esperem um pouquinho – interrompeu Morel. – Mas que tipo de monstro da caverna é você, afinal? Todo monstro de caverna do qual já ouvi falar já teria nos devorado a esta altura! Ora, nós escutamos seus rugidos e rosnados a muitas léguas daqui, lá no coração da Selva Maldade Primitiva!

– Ah, aquilo não era rugido nem rosnado – disse Gordon, um tanto timidamente. – Aqueles eram gemidos de medo.

– Medo! – Morel estava incrédula. – Mas você é um monstro da caverna, dez vezes maior do que qualquer Turvo-Curvo que existe, com chifres e músculos imensos! O que pode haver na Cartola que meta medo a uma besta tão poderosa?

– Bem, sabe... – Gordon falou, com sua voz mais tímida. – É que eu tenho medo do escuro.

Cecil Bean não tinha medo do escuro, mas precisava admitir que o escuro tornava bem difícil a montagem de sanduíches. O baú onde ele tinha se empacotado era relativamente confortável, dadas as circunstâncias, mas ele havia chegado à última de suas

FUGA DA CARTOLA

provisões e não queria de jeito nenhum desperdiçá-la. Existe pouca coisa pior do que um sanduíche mal montado, e, quando se tratava de sanduíches, Cecil era muito exigente. Portanto, concentrou-se ao máximo enquanto montava o dele.

Enquanto mastigava, porém, Cecil começou a pensar nas muitas coisas das quais tinha medo. Ele tinha um pouco de medo de agulhas, especialmente quando enfiadas em seu braço. E, por alguma estranha razão, tinha medo de barbas também. Mas acima de tudo ele tinha medo do fracasso. Se falhasse, ele e seu coelho da sorte nunca mais iriam se rever. Para impedir que tal possibilidade desanimadora ocorresse, Cecil pensou, ele precisaria de duas coisas.

Primeiro, ele precisaria descobrir o grande segredo do cavalheiro misterioso, que parecia imune às variações da sorte. Porque, você está me entendendo, a última coisa de que Cecil precisava era um golpe de azar, justo quando se preparava para salvar seu coelho. Isso poderia ser desastroso.

A outra coisa de que Cecil iria precisar, claro, era a palavra mágica necessária para fazer funcionar a cartola e dela retirar o coelho. Mas, com relação a isso, Cecil decidiu que precisaria simplesmente agir por tentativa e erro. E talvez, só talvez, ele tivesse sorte.

Millikin havia tido toda a intenção de retornar ao vilarejo de Cecil e a Cecil, para quem tinha planejado todo tipo de truque sujo. Porém, enquanto se dirigia à torre preta, onde ficavam os meios de transporte até o menino, uma dúvida incômoda o espetava no fundo da cabeça.

Todo mundo sabia que as Grutas de Má Reputação eram assombradas por um monstro de tamanho gigantesco e apetite na mesma medida. Ele mesmo muitas vezes tinha ouvido os uivos de raiva, que faziam seu rabo se esticar para o alto até ficar parecendo uma jiboia peluda. Mas, como Millikin não tinha realmente visto os coelhos serem esmagados e devorados pelos dentes de um metro e meio do monstro, ele não podia ter certeza de que Leek tinha sido varrido para sempre. Ele pensou que havia derrotado o inimigo quando Leek foi engolido pelo peixe. No entanto, eis que Leek logo reapareceu na selva, e ainda por cima com a namorada e um rato a reboque. Depois,

Millikin garantiu a si mesmo que com toda a certeza os porcos imundos, estando famintos, capturariam os três enxeridos e imediatamente os ferveriam vivos. No entanto, os pançudos não apenas não tinham fervido o trio, ainda tiveram o desplante de conduzi-lo direto para as cavernas.

Não, pensou Millikin, Cecil Bean teria de esperar. Ele simplesmente não podia voltar ao trabalho até ter certeza, certeza absoluta, de que Leek estava liquidado. Assim, Millikin girou nos calcanhares e rapidamente foi até o laboratório de produto onde, segundo ouvira dizer, um novo e assustador tipo de Turvo-Curvo estava sendo desenvolvido. Alguns gatos gostavam de se referir ao protótipo como Durma-Turma, mas Millikin reprovou. Em sua respeitada opinião, os gatos tinham gastado muito tempo e energia na criação de uma marca de valor, e ele não gostaria de perturbar o mercado com um novo nome confuso, ainda que soasse bem.

Imagine, pensou Millikin, mergulhar a toda velocidade sobre alguma vítima infeliz, e ouvi-la gritar a coisa errada!

CAPÍTULO SETE

– Ter medo do escuro é uma coisa terrível – confessou o monstruoso Gordon –, em especial quando se mora em uma caverna.

Gordon estava agachado, para conversar mais facilmente com seus convidados. Enquanto ele falava, a luz dos vaga-lumes brilhava contra a rocha negra ao redor deles, que reluzia como se agradecendo. Leek se sentia incrivelmente grato por ter feito um novo amigo, especialmente um tão grandalhão. E Morel, por sua vez, se sentia incrivelmente grata porque não precisara lutar contra a besta gigantesca. Ela tinha certeza de que, se devidamente provocado, Gordon seria um adversário formidável. No entanto, havia algo sobre o dilema dele que ela não conseguia entender completamente.

– Por que você simplesmente não sai da caverna – ela perguntou – e anda pela superfície, onde ao menos existe o luar para iluminar o seu caminho?

– Eu sou um monstro da caverna – disse Gordon, dando de ombros. – Assim, por definição, preciso viver na minha caverna. Sempre supus que andar pela superfície não era permitido.

– Bem, eu recomendo entusiasticamente, caso algum dia você pense a sério na ideia – Leek falou. – Nós conhecemos uns pançudos adoráveis, na selva.

– Você não come carne de porco, come? – perguntou Morel, temendo por Kadogo e sua tribo.

– Acho que não – respondeu Gordon, que sempre havia se considerado vegetariano. – Mas, agora que eu tenho as luzinhas dançantes, as cavernas já não parecem tão ruins.

– Gordon – Leek chamou, escolhendo as palavras com cuidado –, não pudemos deixar de notar o cheiro perturbador quando entramos em seu reino subterrâneo. É admiravelmente penetrante.

– Ah, suponho que provavelmente seja eu – Gordon suspirou e, quando suspirou, uma nova onda de vapor verde atingiu os coelhos. – Além da minha nictofobia (que é uma palavra complicada para "medo do escuro"), eu também sofro de uma crônica halitose (que é a forma complicada como os dentistas se referem ao mau hálito).

Leek se lembrou imediatamente da ampla plantação de hortelã que crescia sem controle no campo atrás da casa de Cecil e fez uma anotação mental para colher um ou dois maços para Gordon algum dia, caso tivesse sucesso em sua missão. Pensar na casinha dos Beans trouxe seu foco de volta ao assunto em questão, que já deveria ter sido abordado muito tempo antes.

– Quão bem você conhece as cavernas e os túneis, Gordon?

– Ah, como a palma da minha pata – respondeu o monstro. – Eu vivi aqui minha vida toda, entende? E, apesar da nictofobia, que muito me prejudica, tenho conhecimento profundo de cada reentrância e saliência das cavernas.

– Nós estamos em uma busca das mais perigosas, você precisa entender – disse Leek. – E seria incrivelmente útil se você pudesse nos levar até a saída.

– Com prazer. – Gordon sorriu. – Vocês trouxeram luz para onde a luz nunca tinha brilhado. E eu vou prestar toda a ajuda que puder, em retribuição a esse favor.

Gordon então se levantou do chão da caverna, e seu peito se inchou até quase o tamanho de um zepelim. A família de vaga-lumes piscava em sua cabeça, celebrando a nova residência espaçosa, e o monstro resplandecia de alegria.

– Agora, sigam-me para dentro da escuridão – ele disse com orgulho evidente. – Pois eu não tenho mais medo.

Os coelhos seguiram Gordon, dando cinquenta de seus maiores pulos para acompanhar cada único passo dele. Enquanto se esfalfavam para manter o ritmo, Morel se viu lançando olhares curiosos para Leek. O coelho não levava espada nem arco e flecha, escudo nem maça. No entanto, havia sido ele, e não ela, que os levara até ali, e ele fizera isso simplesmente doando.

Para Hamelin ele tinha dado a sorte que os expulsou do peixe. O afago que ele dera no rei Kadogo tinha trazido à cena a flauta de Hamelin, que por sua vez havia atraído as trufas. O presente dado a Gordon agora dançava entre os poderosos chifres, piscando de pura alegria, e Morel sentiu uma pontada de culpa enquanto observava o companheiro. Tinha sido Leek e sua simples generosidade que havia transportado ambos pela Grande Tinta e através da Selva Maldade Primitiva. A lança de Morel, sua espada, suas palavras potentes de coragem haviam todas se mostrado tristemente inúteis. Como guia Morel tinha falhado de fio a pavio.

Talvez, pensou Morel, ela devesse ser menos rude. E talvez, se ela tivesse muita sorte, ainda poderia provar seu valor como guerreira.

– Não falta muito – disse Gordon, ao entrar na maior de todas as cavernas. – A porta dos fundos está bem à frente.

Só que, enquanto ele falava, o chão da caverna tremeu, e pedras enormes começaram a cair do alto. Gordon rapidamente protegeu os coelhos com seu corpanzil, e, sob aquela massa amigável, os coelhos ficaram perfeitamente seguros. No entanto, dentro da Cartola a segurança é uma coisa instável, e, quando os tremores pararam, o instinto de caçadora de Morel subiu até o nível máximo de alerta. Ela soube instantaneamente, sem nenhuma dúvida, que havia outros caçadores por perto e que estavam caçando coelhos.

Antes que ela conseguisse gritar, as paredes da caverna desmoronaram, e por elas passou rastejando um novo tipo de Turvo-Curvo, projetado exclusivamente para destruir. As brocas afiadas em seus focinhos giravam com roncos sinistros, enquanto reduziam a pó a rocha que barrava sua passagem. Luzes frias, instaladas no alto de suas cabeças de ferro, iluminavam o caminho de guerra para a destruição. Enquanto as bestas se reuniam acima das pobres vítimas, uma dessas luzes focou seu olhar cruel sobre os três. O piloto se ergueu atrás do holofote, e Gordon empalideceu de terror. Pois, por menor que fosse a nave, era uma fera absolutamente escura, envolta em uma sombra perpétua, como a escuridão que ele tanto temia. E de sua boca saíram palavras ainda mais sombrias.

– Eis que nos encontramos mais uma vez – disse Millikin para Leek, lambendo a pata para retirar uma sujeirinha. – Eu nunca havia contemplado este poço de infâmia fedorenta, mas, apesar disso, meus olhos se alegram com a imagem. Será um túmulo muito apropriado para você e essa desqualificada.

Então Millikin moveu o olhar para Gordon, cujo barrigão trepidava de pânico. Os gatos, assim como os animais em geral, são muito sensíveis para captar o medo, mesmo quando se tenta com toda a força esconder. Mas Millikin nem precisaria desse sexto sentido agora. O medo de Gordon era claro como o dia, um fato que fez Millikin sorrir maliciosamente.

– Está com medo de mim, está, monstro? Pois tem razão, já que eu sou aquele que anda sem ser visto, o mestre das sombras! Sou eu que comando a escuridão nos seus pesadelos, e sou eu que governo a noite! Meu caminhar leva a destruição, e cruzar os seus passos, por serem tão grandes, aumentará em dez vezes a minha glória!

Enquanto Gordon se encolhia de pavor, a coelhinha, que tinha apenas uma fração do tamanho dele, se colocou na frente do monstro para defendê-lo.

– Nosso anfitrião não é da tua conta – disse Morel, o pelo castanho vibrando de fúria. – Deixa-nos em paz, ou vais te arrepender das palavras venenosas que tão descuidadamente cospes!

– Ora, ora – chiou Millikin –, mais uma ameaça vazia da poderosa princesa guerreira. Os brinquedinhos que você chama de armas podem lhe trazer algum conforto passageiro, mas não podem lhe trazer salvação.

Morel se aproximou da gigantesca toupeira de ferro de Millikin e, sob o facho de luz, seus olhos cintilavam de coragem.

– Você pode não temer o aço afiado da minha lança nem a pata que o segura. Mas está errado ao duvidar do coelho sob minha responsabilidade, pois ele é um doador de sorte! E nenhuma máquina, nenhum poder que você possa invocar, poderá jamais superar a força dele. Se é o couro dele que você quer, faça a gentileza de se aproximar e tentar pegar. Antes, porém, você terá de passar por mim!

Com isso, Morel se agachou e se preparou para lutar. Mas, antes que ela conseguisse pular, Gordon se pôs entre Morel e a morte certa.

– Você é tão valente para alguém tão pequena – ele disse para Morel. A coroa dançante de Gordon soltava um brilho dourado, sinal de uma coragem recém-descoberta.

– Muito bem dito, Gordon – cochichou Leek. – A bem da verdade, ela também me dá coragem.

– Eu tenho a minha luz – Gordon murmurou para si mesmo.

E os gatos pretos, tomados por um horror súbito, viram quando ele se esticou até atingir as altura máxima, um colosso como os de antigamente, e berrou a plenos pulmões:

– EU TENHO A MINHA LUZ! E EU... NÃO TENHO... MEDO!

E, dizendo isso, Gordon inspirou profundamente e rugiu. Vapores verdes saíram de sua bocarra escancarada, e, enquanto os gatos pretos pulavam dos Turvo-Curvos, as máquinas ficaram vermelhas, depois brancas, e por fim derreteram.

– Corram, meus amigos! – ordenou Gordon. – Eu vou cuidar desses intrusos que ousaram invadir meu refúgio. Pois eu sou Gordon, e eu sou um monstro! E EU... NÃO TENHO... MEDO!

Os coelhos correram para a saída do túnel, distante de onde estavam, enquanto mísseis de ferro assoviavam no ar, na direção deles. Leek se desviou de dois, depois de três, e, apesar de estar se desviando e pulando, ele ainda assim não se esqueceu de sua boa educação.

– Obrigado, Gordon! – ele gritou. – Nós nunca vamos nos esquecer de você! E dê uma passadinha na superfície qualquer hora dessas, o Rei Kadogo é realmente um querido!

Gordon estava ocupado demais para responder. As máquinas se reuniam como um enxame ao redor de seu tronco, mas ele se sentia grato. Pois, enquanto ele ia em perseguição ao líder deles, os vaga-lumes ficaram ainda mais brilhantes. Até eles haviam se levantado em defesa de seu novo lar, os bumbuns brilhando com ainda mais intensidade. Quando Gordon se ergueu acima de Millikin, cujos pelos se eriçaram de medo, a própria sombra imensa do monstro jogou o gato preto da escuridão.

– Agora, mestre das sombras! Contemple a sombra do verdadeiro poder, e diga quem está com medo!

FUGA DA CARTOLA

Nunca houve uma resposta. Millikin já estava correndo de volta pelo túnel que ele mesmo tinha escavado, o rabo entre as pernas. Jamais ele tinha sentido tamanho medo, ele pensou, e esperava sinceramente que seu rabo não ficasse para sempre em tal posição. Talvez ele precisasse fazer uma cirurgia para endireitá-lo. A felicidade, Millikin refletiu, era um objetivo cada vez mais distante. E, enquanto corria, o gato fez uma anotação mental para agendar uma sessão extra com o terapeuta.

O trailer tinha parado. Cecil escutou com atenção em busca de um sinal de onde Imbróglio estava, mas o baú era muito grosso, e ele não conseguiu ouvir nada. Talvez o vilão tivesse parado simplesmente para atender ao chamado da natureza, tal como o próprio Cecil também precisava. Àquela altura, porém, Cecil tinha entregado tanto seu espírito quanto seu estômago, bem como sua bexiga, ao sacrifício da aventura. Assim, o menino cruzou as pernas, o que sempre ajudava, e continuou escutando.

Longos minutos se passaram antes que ele ouvisse o assim chamado "mágico" gemendo e ofegando enquanto subia ao teto do trailer. O coração de Cecil congelou de medo, pois, embora estivesse cozinhando um plano em sua cabeça, as ideias ainda não estavam no ponto. Sem sombra de dúvida, se Imbróglio o encontrasse agora, estaria tudo perdido. Cecil fechou os punhos, pensou em Leek e pediu só um pouquinho de sorte. Ele certamente iria precisar, se a tampa do baú fosse aberta.

A tampa não se abriu, mas agora Cecil ouvia o vilão claramente, pois ele estava falando a poucos centímetros do baú.

– Você é muito espertinho – disse Imbróglio. – E seu esconderijo é bem bom. Mas no fim eu o encontrei, como encontro sempre. Você pode abandonar qualquer esperança de resgate ou fuga, e sugiro que tire uma soneca, se conseguir parar de tremer. Você deveria descansar enquanto pode, sabe, porque temos um show para apresentar!

E, dizendo isso, Imbróglio deu uma gargalhada que mais parecia um cacarejo e que gelou o sangue do menino. Mas a gargalhada logo sumiu, e Cecil escutou o homem descer. O trailer roncou de volta à vida, e, quando voltou a percorrer a estrada, Cecil reuniu coragem para abrir uma frestinha da tampa e espiar para fora.

Amarrada ao teto do trailer, a pouco mais de meio metro do baú, havia uma gaiola. E dentro de suas exíguas medidas havia um coelhinho, tremendo de aflição e medo. O coelho andava de um lado a outro da prisão apertada e empurrava as barras com as patas, sem resultado.

– Não se preocupe – Cecil cochichou. – Meu nome é Cecil Bean. Eu sei dos gatos e da guerra que vocês travam contra eles. Não tenha medo, vou salvar você. Estou tramando um plano.

Os olhos do coelho se arregalaram, pois ele pensava que sua missão diária era um segredo. Conversar com um humano era totalmente fora das regras, e regras, o coelho refletiu, eram importantes. Todos os coelhos da sorte tinham de fazer um juramento sagrado de obedecer a elas.

O baú então se fechou, e o coelho se acalmou e tentou digerir tudo aquilo. Planos eram todos muito bons e davam muito certo quando pensados por coelhos da sorte. Salvar o dia era simplesmente o que eles faziam. Mas desde quando os humanos salvavam o dia deles? Aquilo era altamente irregular, pensou o coelho. Por outro lado, ser preso em uma armadilha também era altamente irregular. A manhã estava repleta de altas irregularidades. E outras ainda viriam.

CAPÍTULO OITO

O caminho que se estendia à frente deles era desanimador, deserto e cruel. Leek e Morel tinham caminhado por horas, dias ou até semanas. De tanta fome e sede, nenhum dos dois sabia quanto tempo havia passado. Morel se arrastava com muita dificuldade, tirando força e determinação de uma reserva que ela nem sabia que tinha. De vez em quando, ela olhava para trás, para ter certeza de que Leek a seguia. Para seu contínuo espanto, ele estava sempre ali. Mas a imagem dele partia o coração dela. Antes quase gorducho de tão saudável, o rosto de Leek estava agora magro e encovado, o pelo castanho e brilhante sujo do pó da estrada. E, quanto a seu espírito alegre, Leek parecia totalmente apático e desenxabido pelo peso da derrota certa. Morel pensava a todo momento que, se tivesse ainda um único nabo, forçaria Leek a comê-lo. Ela ficaria mais do que satisfeita em continuar com fome, desde que Leek desse um sorriso, só uma vez e mesmo que durasse pouco.

– Vamos descansar um pouco – ela sussurrou.

Leek escutou muito vagamente a voz de Morel, como em um sonho. Através da escuridão e da névoa, viu a silhueta dela à sua frente. Porém, se por um lado cada fibra de seu corpo gritava por um pequeno intervalo, por outro lado sua mente não dava folga.

– Nós temos que continuar – ele murmurou –, pelo bem de Cecil Bean.

– Se você não quer descansar porque estou dizendo, então descanse pelo bem do seu menino – disse Morel. – A pior parte ainda está por vir, e precisamos poupar o pouco de força que nos resta. Venha, encoste aqui nesta pedra. Faça isso por Cecil; ele vai agradecer quando vocês se encontrarem.

FUGA DA CARTOLA

Leek estava cansado demais para continuar discutindo, e seus ombros se afundaram. A lua fria da Cartola brilhava bem lá no alto, como se zombasse de seu sofrimento. Leek caiu de joelhos e começou a chorar.

Morel, de pé ao lado dele, tentava sustentar a lança com firmeza, para o caso de um ataque súbito. Ela observou ao longe e se resignou ao sacrifício. Ela sabia que faria de tudo para ver Leek atingir o objetivo dele, mesmo que isso significasse abandonar o dela. Com essa decisão, Morel descobriu uma força renovada. Percebeu que precisaria se fortalecer ainda mais, tornar-se forte como o próprio aço. Em sua língua guerreira, disse palavras severas.

– Você não pode chorar, pois não podemos desperdiçar a água.

Lentamente, Leek levantou os olhos e encarou a companheira. A força de vontade dela era maior do que a dele, Leek sabia, e isso lhe dava um pouco de esperança. Sempre que alguém se sente cansado, fraco ou absolutamente desprotegido, é bom saber que tem um amigo valente. Sem exceção, isso sempre torna as coisas pelo menos um tiquinho melhores.

– Sim. Sim, claro, você tem razão – ele suspirou. – Eu não vou chorar de novo, a não ser que seja de alegria.

– Pois faça isso – Morel respondeu, evitando olhar para ele. – Nossos inimigos não choram, e nós precisamos ser tão fortes quanto eles ou até mais.

Ao ouvir isso, Leek se levantou, e ambos prosseguiram, duas manchas de poeira em uma planície interminável de trevas. A trilha, mal visível, logo serpenteou colina acima, acrescentando mais dificuldade ao esforço deles, e, quando a lua se escondeu atrás de umas nuvens, Morel espiou para cima, ao longe, e reclamou baixinho.

– Vem aí uma tempestade, parece – ela murmurou. – Veja como o negrume fica ainda mais escuro ali adiante.

Leek elevou o olhar e espreitou a escuridão, enquanto uma rajada de vento frio o atingia e diminuía o pouco de ânimo que restava.

– No entanto, apesar da ventania – ele cochichou –, as nuvens carregadas não se movem.

FUGA DA CARTOLA

A massa de nuvens se afastou ligeiramente, revelando a lua em súbita palidez e claridade, e, ao fazer isso, mostrou o que se apresentava à frente deles e subia até o céu. Ali, sobre uma montanha escarpada, erguia-se uma vasta construção, maléfica além de qualquer medida. Era a fortaleza dos gatos, e não tinha outro nome além de destruição. Aquela era a sede de todo o poder sombrio do azar, um poder tão grande no mundo da Cartola que transbordava para o nosso. À noite, quando os humanos estão dormindo, os gatos pretos se reúnem na torre para tramar novos golpes do destino. Ali, eles conspiram e competem em comentários malvados e dão risada de tudo que é bom. Ali, em cálices de ferro, eles brindam ao caos, à tristeza e ao desespero. E ali eles amaldiçoam os coelhos da sorte que os enfrentam. Ali, nenhuma esperança se eleva. Ali só se eleva a grande torre, tão alta que quase chega a beijar a lua. Esse, Leek sabia, era o grande objetivo que ele buscava. Pois ali dentro, segundo diziam, ele poderia encontrar meios de se reunir com seu menino.

Leek levantou a cabeça, observou o castelo até a ponta e suspirou diante do desafio que o esperava.

FUGA DA CARTOLA

Aquele era o lar dos Turvo-Curvos, e contra aquelas máquinas sinistras, que soltavam vapores de ódio contra sua espécie, que chance teriam dois coelhinhos, um dos quais, ainda por cima, desarmado? Leek desejou ter uma arma, algum símbolo de proteção, só que na montanha do azar os desejos não são atendidos. A menos que se deseje a derrota, Leek pensou com uma careta.

– Essa parece uma perspectiva assustadoramente ameaçadora – ele disse e suspirou. – No entanto, é claro que eu preciso tentar. Mas, Morel, acho que agora é melhor você virar o rabicó e pular de volta para casa. Aqui, simplesmente não há esperança nenhuma, mesmo para uma guerreira poderosa como você, que tão bem manuseia grandes espadas e lanças. Sério, você deveria mesmo voltar para Komatsuna, por mais que eu deteste dizer isso. Eu me sentiria horrível se você se ferisse. Por favor, volte, enquanto eu prossigo sozinho.

Morel se virou para encarar Leek, seu único companheiro naquela terra desolada, e riu.

– Voltar? Voltar para o quê? Para as lágrimas? Para a tristeza? Para o sabor amargo dos nabos? Não, Leek, não é hoje que você vai se ver livre de mim. Pois nunca antes um coelho chegou tão longe nesse caminho sem esperança, contra todas as probabilidades, e conseguiu ver o final dele. Juntos nós continuaremos andando, como muito já andamos até aqui, e juntos cruzaremos os portões do palácio. Eu também sinto o perigo. É plenamente visível. No entanto, mesmo que fracassemos, tenho certeza de que a glória nos espera.

– Parco consolo, mas consolo ainda assim, acho – disse Leek, que nunca vencia uma discussão com Morel, mesmo quando tinha certeza de estar com a razão. – Mas vou aceitar. Muito bem, glória será. E nós a buscaremos juntos, até nosso último suspiro. Vá em frente.

Mas Morel já tinha ido em frente, como era típico dela, e Leek saiu pulando atrás, às pressas, para alcançá-la, pois ela já se embrenhava na escuridão à frente.

A trilha subia e descia, e, enquanto a dupla se arrastava lentamente em direção ao cume, as rochas se estreitavam de ambos os lados. Logo eles não conseguiam mais andar lado a lado, e Morel rapidamente tomou a dianteira para liderar, a lança empunhada, de prontidão.

– Que estranho o caminho não ser vigiado... Os gatos são muito relaxados com a defesa deles – Morel cochichou.

Leek sorriu.

– Bem, eles não têm muito a temer de um coelhinho e da guia dele.

Morel examinou as muralhas que assomavam adiante, em busca de sentinelas felinas, mas não havia nenhuma à vista. O silêncio que os envolvia era absoluto, e Morel esperou com pavor pelo chiado ou grito que certamente o quebraria a qualquer momento, convocando os gatos às armas. Mas não se ouviu nenhum chamado agudo perfurando a noite, quando os companheiros marcharam para o que quer que os aguardasse à frente.

Daí, ao mesmo tempo, os coelhos viram a última coisa que poderiam esperar ver.

Um nabo.

Ali, onde espinhos e trepadeiras nunca imaginaram brotar, estava um nabo, simplesmente caído no chão. E, como se não bastasse, era ainda de uma espécie da mais alta qualidade, um fato que o triste estômago de Morel se apressou a confirmar.

– Um nabo! – Ela até se engasgou. – Aqui, além do alcance da esperança, longe do mundo que tem sol, a sorte se manifestou, em desafio aos gatos! Com este nabo, este presente das antigas deusas, nós vamos nos fortalecer para a batalha! E, com a força que ele vai nos dar, nós vamos escalar as muralhas do castelo. Ninguém há de resistir a nós!

E, dizendo isso, Morel saiu correndo. Mas Leek aguardou, inseguro, e farejou o nabo, que não parecia ter o cheiro certo. Fazia já algum tempo desde que ele tinha cheirado um nabo pela última vez; no entanto, em suas longas e estranhas viagens, ele havia aprendido uma ou duas coisinhas. E, o que é pior, tinha aprendido do jeito mais difícil.

E, quando Leek se lembrou do último nabo que tinha se oferecido a ele, tão bonito e suculento, correu para o lado da coelha.

– Espera! Morel! Esse nabo é uma armadilha!

FUGA DA CARTOLA

Mas a armadilha já tinha sido acionada. Elevando-se da terra ao redor deles, a uma velocidade que o olho nu mal captava, surgiu uma garra de ferro gigantesca. Enquanto ela subia, suas garras se abriram como as unhas de algum gato enorme, e se fecharam nas pontas. Leek só conseguiu correr para as barras rígidas à sua frente e espiar para fora, enquanto a jaula subia aos ares, controlada lá de baixo por um poderoso braço de ferro. Enquanto ele observava, em choque e profundo arrependimento, a jaula chegou à altura das muralhas da fortaleza, onde uma legião sombria foi ao encontro dos dois.

À frente dela estava Millikin.

– Realmente, eu deveria ter pensado nisso antes – o gato falou, com um sorriso. – Mas que mau gatinho eu fui. E pensar que nós perseguimos vocês todo esse tempo, e o que finalmente encerrou a busca ridícula de vocês foi um simples nabo. É um assombro! Mas no fim tudo deu muitíssimo certo, ou tragicamente errado, dependendo do ponto de vista, e é isso que importa.

– O que vai acontecer agora? – Leek perguntou rispidamente.

– Agora? – Millikin sorriu. –Ah, vocês vão adorar saber que eu preparei acomodações muito aconchegantes para os dois, no poço da nossa masmorra mais escura. E, enquanto vocês apodrecem lá, até o final dos tempos e mais além, eu estarei ocupado cruzando o caminho de Cecil. Na verdade, pretendo começar hoje mesmo, logo após o lanche. Meu menino e eu temos muito o que colocar em dia.

– Ele não é seu! – Leek berrou. – Ele é meu menino! O humano Bean é só meu e todinho meu!

– Não é mais – afirmou Millikin.

E, dizendo isso, ele se virou, o rabo sinistro balançando alegremente de um lado a outro. Millikin deu uma risadinha. Àquela altura, faltaria pouco para sua felicidade. Com Leek derrotado e preso, nada o deteria. E, se dar azar pela vida inteira de um menininho não pudesse fazê-lo feliz, o que mais poderia?

Cecil levantou a tampa do baú e espiou para fora. Não teve muita certeza se gostou do que viu ou não.

Aquilo não era uma pequena aldeia. Aquela era a Enorme Cidade Grande. Carros motorizados passavam zunindo alto, tocando as buzinas com raiva sabe-se lá do quê. Vendedores ambulantes andavam no meio da multidão apregoando várias comidas que, para Cecil, não pareciam coisa de comer.

Imbróglio, por sua vez, estava tremendamente ocupado, fazendo os preparativos para sua apresentação. Ele amava a Enorme Cidade Grande, em especial porque nela nunca se sentia sozinho. Nas aldeias pequenas, você entende, a desonestidade de Imbróglio se destacava, ao menos para ele, como um dedão inflamado e latejante. Mas na Enorme Cidade Grande havia muita desonestidade, e aquilo fazia Imbróglio feliz, pois o fazia se sentir menos mal. A infelicidade adora companhia, como diz o ditado, e a vilania a adora também.

Imbróglio se arrumava todo alvoroçado, montando o palco raquítico e enfiando os lenços coloridos dentro da calça, e enquanto isso assoviava uma melodia sinistra. Tão mergulhado estava Imbróglio em seu devaneio alegre que absolutamente não percebeu quando um menininho brotou do baú no teto do trailer, desceu pela lateral e se misturou à multidão.

– Este – disse o charlatão com seus botões – vai ser um show inesquecível.

Morel, encostada à treliça de ferro, amaldiçoava suas traves azul-escuras. A espada e a lança tinham sido arrancadas de suas patas desesperadas, e agora os coelhos seriam prisioneiros para sempre e mais um pouco. Atrás e dos dois lados de Morel havia paredes de granito maciço, de três metros de espessura ou mais, e ela sabia que o portão precisaria envelhecer, enferrujar e cair de podre antes que ela pudesse ter alguma esperança de fuga. Eles nunca durariam tanto, ela pensou, mesmo que tivessem o estômago cheio. Assim, ela se virou para Leek, esperando ver o sorriso dele.

Leek estava dormindo no canto, enrolado como um pequeno croissant. Seu pelo estava imundo e opaco, e, mesmo no sono, ele choramingava, vencido. Eles tinham chegado tão, tão longe, só para depois serem derrotados. Morel suspirou. Não tivera oportunidade de lutar e, nesse aspecto, mais uma vez se sentiu uma inútil.

Mas Morel ainda tinha uma arma, uma que nenhum gato jamais poderia tirar dela. Estava quase esquecida, por não ter sido usada em muito tempo. Porém, em seu momento de maior desespero, Morel se lembrou das palavras que havia dito na terra da neve e do gelo. Ela recordava bem a promessa que tinha feito: "Nós daremos sorte um ao outro".

Morel foi lenta e suavemente até o companheiro e se ajoelhou ao seu lado.

– Leek, meu querido Leek – ela cochichou –, muitas vezes, de lança em punho, eu vi você dar sorte aos outros sem nada esperar em troca. Ao testemunhar suas demonstrações de coragem, eu nada fiz a não ser revirar os olhos. Agora, querido Leek, você precisa não doar, mas receber. Se alguma sorte ainda resta no meu coração de guerreira, eu agora a ofereço a você.

Morel esticou a pata e delicadamente afagou a testa de Leek, do mesmo jeito como, muito tempo antes, ela costumava afagar sua menina. Leek murmurou no sono e, mesmo no escuro, Morel viu que o rosto dele se acalmava e ficava mais iluminado. Pois, no fundo de sua sonolência, ele começou a ouvir uma música.

FUGA DA CARTOLA

A melodia chegou até o ponto mais profundo de Leek. Ali, nos vales mais escondidos de sua alma, a melodia descobriu as coisas que o deixavam triste e as expulsou para sempre. Leek sentiu que estava flutuando, e seu corpo se arrepiou na ponta dos bigodes até o fim de seu rabo de pompom de algodão. Leek queria que a música não acabasse nunca.

Ele se sentou muito reto e sorriu.

– Hamelin!

– Isto tudo é um grande erro – disse uma voz de trás deles.

Os coelhos se viraram e lá estava Hamelin, sorrindo. Em suas patas repousava a leal flauta, e, às suas costas, vinham pendurados um arco dos pançudos e um saco de flechas cinza.

– Hamelin! – exclamou Morel. – O mais nobre dos ratos! É uma satisfação ver você e ouvir a sua música! Mas como, em nome de toda a sorte do mundo, é possível que a estejamos ouvindo?

– Bem – falou o rato –, não foi nada fácil. Lá estava eu, sentado com Kadogo e a tribo dele, enquanto todos cantavam a melodia fúnebre por vocês. Uma música muito triste, eu lhes garanto, e precisei cobrir as orelhas, por medo da tristeza e consequente desidratação. Mas daí chegou o Gordon, e ele nos garantiu que vocês ainda estavam vivos.

– O Gordon! Ele nos salvou nas cavernas – disse Morel.

– Ah, sim! – Hamelin sorriu. – Ele nos contou a respeito. Porém, a julgar pelo relato dele, foram vocês que o salvaram. Está extremamente grato, sabiam? Assim, ele me conduziu pelas cavernas e me mostrou a porta de saída dos fundos. E lá eu encontrei o rastro de vocês, que venho seguindo desde então. Para um menestrel, me tornei um rastreador admirável, sabem?

– Mas como você passou pelos Turvos-Curvos e nos encontrou aqui no cativeiro? – espantou-se a coelha, em crescente maravilhamento.

– Peguei carona em um. – Hamelin sorriu. – Escondido e, devo dizer, até que em relativo conforto.

– Que inteligente! – exclamou Leek, admirando o ratinho.

– Bem, não devo ficar me vangloriando. Não há tempo – disse Hamelin. – Portanto, adiante. Eu peguei a chave emprestada e, Morel, trouxe suas armas. Assim, peguem tudo isso e corram para a torre e voltem ao mundo que tem sol. Quem sabe nós vamos nos encontrar de novo um dia, e daí poderemos conversar longamente sobre nossa inteligência coletiva.

Com isso, Hamelin se virou para ir embora.

– Mas, Hamelin – protestou Morel, já enfiando a chave enorme na fechadura –, para onde você está indo?

– Estou indo brincar – foi a resposta. – Um jogo de gato e rato.

CAPÍTULO NOVE

Os gatos estavam todos muito ocupados dando tapinhas nas costas de Millikin, quando o rato passou correndo. Por um momento, todos ficaram imóveis, abestalhados, pois nenhum rato havia jamais andado nos confins da fortaleza deles, e menos ainda um rato tão sem educação.

– Perderam! – Hamelin gritou enquanto corria. – Comam minha poeira! Isso é tudo que vocês vão saborear de mim hoje!

Então o instinto deles entrou em ação, turbinado pela fúria. Mil gatos saíram no encalço do rato, enquanto outros dez mil iam em busca das respectivas armas. Outros mais montaram nos Turvo-Curvos, que imediatamente ganharam vida. Enquanto o exército de ébano perseguia Hamelin, Millikin foi deixado sozinho. Por mais que ele quisesse caçar o rato pessoalmente, veja só, um instinto mais forte o impediu. Era o instinto do medo.

Assim, dedilhando o cabo da espada, Millikin desistiu da perseguição e, em lugar disso, entrou na torre.

Os coelhos saíram das profundezas para um pátio de belas pedras pretas. Sem fazer barulho, Morel espiou da sombra e viu quando os guardas da torre abandonaram seus postos, deixando-os desprotegidos. Até o alto da porta de ferro, Morel avaliou, seria uma corrida de pouco mais que duzentos e cinquenta metros. Mesmo exaustos como estavam, ela tinha certeza de que poderiam chegar.

– Você consegue correr? – ela perguntou a Leek.

– Nunca me senti mais veloz – foi a resposta firme –, pois só a velocidade vai me ajudar a chegar ao meu menino. Mas não podemos abandonar Hamelin às garras dos gatos!

– Hamelin amadureceu como guerreiro – falou Morel –, e agora nós precisamos honrar a coragem dele, pois esse foi seu último desejo. Além disso – ela acrescentou, sorrindo –, talvez ele tenha sorte.

– Então, sebo nas canelas! – exclamou Leek. – Para a torre e nossos humanos além!

E assim eles correram, duas figuras indistintas em um cenário de puro e profundo breu. Porém, quando eles se aproximavam da porta gigantesca, e da fuga que ela permitiria, o reino da Cartola riu deles mais uma vez, impiedoso e frio. Pois Hamelin, por mais corajoso que fosse, não conhecia o terreno. Correndo e escorregando por passagens largas e corredores estreitos, ele fez uma curva indevida que o levou de volta ao lugar de onde tinha saído. Para seu horror, Hamelin deu de cara com os amigos por quem havia feito tudo aquilo. Quando ele derrapou e parou, chocado e duro com o que tinha feito, os gatos pularam atrás dele. Os gatos também tinham visto os coelhos, e, quando viram, seu apetite pelo rato foi logo posto de lado. Jamais seu monólito sagrado tinha sido invadido por seres indignos de seus segredos. E, como se fossem um único, os gatos se levantaram, uma massa fervilhante e convulsiva chiou de raiva e avançou para o ataque.

– Corra! – Leek berrou. – Ainda podemos escapar e trancar a porta atrás de nós!

Morel não correu nem ouviu, e sim parou para observar a onda preta que rugia diante dela. Aquele era o inimigo de quem ela vinha se escondendo. Aquele era o inimigo que oprimia sua espécie e também a humana dela, a menina de quem Morel sentia tanta saudade. Aquela força, Morel sabia, tentava agora destruí-la, e talvez conseguisse. Mas ela não iria compartilhar tal destino com Leek, pois aquele era o momento dela, sobre o qual sua tribo cantaria depois.

– Vá – ela incentivou, quando Leek abriu as portas. – Vá e encontre o seu menino. Dê a ele toda a sorte, enquanto ele viver. Quando ele estiver dormindo e você, descansando na sua toca, pense em mim, a coelha que te amava.

– O quê! – Leek estava incrédulo. – Nunca! Nunca sem você, Morel!

– Pegue isto – ela disse, entregando a espada a Leek – e VÁ!

E, dizendo isso, Morel chutou o peito de Leek com sua potente pata traseira. Enquanto ele fazia um voo em forma de arco, rumo a um lugar onde nenhum coelho jamais esteve antes, Morel avançou e, apesar do medo, fechou as portas com um estrondo sinistro. No silêncio que se seguiu, ela fechou os olhos e cochichou delicadamente para a lança.

– E agora, grande lança, velha amiga, por fim nossa hora chegou.

Morel se virou lentamente para encarar o exército de gatos que vinha em sua direção. Ela não fez ameaças nem pronunciou palavras corajosas. Ao saltar para atacar, ela simplesmente sorriu, pois afinal provava que não era uma inútil.

Leek piscou e piscou de novo, enquanto seus olhos se acostumavam à claridade ou à falta dela. Assim que recuperou o fôlego, que Morel tinha eliminado quase por completo, ficou de pé e, em pânico, tateou a porta. Mas onde deveria haver uma maçaneta ou alça que ajudasse, havia apenas ferro, liso e frio ao toque. Profundamente desanimado, ele abriu a boca de espanto.

A fortaleza se erguia infinitamente acima dele, um cilindro sem fim, esticando-se até o céu. Recobrindo as muralhas, afastadas apenas por uns poucos centímetros umas das outras, havia incontáveis portinholas, caprichosamente feitas de ferro e marcadas com sinais estranhos, que pareciam riscados pelas garras afiadas de algum artesão. Em cada portinhola havia uma argola de ferro, que deveria ser girada por quem quisesse entrar.

– Portais – maravilhou-se Leek. – Esses devem ser os portais para o mundo que tem sol. Mas qual, no meio de tantos, vai me levar até Cecil Bean?

Rezando para que sua sorte durasse só mais um pouquinho, Leek foi até a portinhola mais próxima. A argola girou suavemente no suporte, e a portinhola prontamente se abriu, com um rangido e um chiado de vapor quente. Em voz solene, Leek anunciou:

– Por meio deste gesto, com submissa gratidão e profunda humildade, eu honro Hamelin, o rato menestrel, e Morel, a mais poderosa de todos os coelhos presos no mundo da Cartola, e aquela que eu mais amo neste mundo ou em qualquer outro. Que meu humano esteja à minha espera.

FUGA DA CARTOLA

Leek espreitou dentro da portinhola. Antes que seus pés pensassem em acompanhar, a cabeça emergia, do lado de lá, dentro de um bueiro. Olhando ao redor, ele viu uma porção de humanos, mas aqueles eram humanos de um tipo que ele nunca tinha visto antes. Todos os homens usavam chapéus de feltro com penas na lateral e calções de couro presos por suspensórios combinando. As mulheres pareciam ser feitas principalmente de bochechas rosadas e papos flácidos que se sacudiam quando elas riam e cantavam. Todas as pessoas seguravam grandes canecas transbordantes de espuma borbulhante, e várias delas balançavam e tropeçavam enquanto dançavam.

Enquanto Leek, muito confuso, observava tudo aquilo, seu olhar encontrou o de um pardal, empoleirado perto do baile.

– *Guten Tag*! – ele gorjeou.

Leek recuou de imediato, fechou prontamente a portinhola e a trancou, girando a argola.

– Bem – disse o coelho com um suspiro, levantando a cabeça para as incontáveis portinholas acima –, deve estar aqui em algum lugar. Acho que preciso tentar mais uma e depois outra. A terceira vez geralmente é a encantada.

– Você não encontrará encanto nenhum na minha torre – Leek ouviu uma voz dizer. – Nem na terceira vez nem em nenhuma outra.

Era Millikin, e, quando ele avançou e saiu da sombra, sua espada reluziu e cintilou.

– Nenhum coelho jamais viu o que você agora tem diante dos olhos. – Ele sorriu com desprezo. – E, por tudo que é mais sombrio e profano, eu juro que você será o último.

Porém, por mais que Millikin tivesse certeza de que Leek ia tremer de medo, e de que seu sangue iria congelar nas veias e de que ele mal teria tempo de implorar por misericórdia antes de encontrar seu fim (um encontro que para Millikin estava mais do que demorando), isso não foi absolutamente o que aconteceu. Bem ao contrário: Leek ficou louco. Empunhando diante de si a espada de Morel, ele falou com uma convicção surpreendente.

– Seu tratante – ele disse. – Muito nós competimos, neste mundo e no outro, pelo destino de Cecil Bean.

Mas, em minhas longas viagens, eu me cansei de conversa fiada e provocação. Agora, eu, Leek, o doador de sorte, decreto esta sentença final, tendo apenas meu inimigo por testemunha. Esta noite, nossa disputa chega ao fim. E, antes de ser derrotado, ouça com atenção: nunca mais, em todos os dias ainda por vir, irá o meu menino pisar em cocô de cachorro de novo!

Inflamado, acrescentou ainda:

– E que comece a luta!

– Com prazer – sibilou Millikin, e as espadas de ambos reluziram, quando uma bateu na outra com um tinido épico.

Uma multidão considerável aguardava. Observando e apontando para o trailer desmilinguido, a população urbana murmurava, em grande expectativa pelas mágicas que seriam apresentadas. Eles tinham seus negócios e sua política para tratar, e quase todos os ali reunidos se consideravam, de um jeito ou de outro, terrível e irrevogavelmente importantes. Porém, diante da promessa de verem truques de mágica, deixaram esses assuntos de lado. Porque, veja você, todo mundo adora uma mágica, até os importantíssimos homens de negócios.

No meio deles encontrava-se Cecil Bean, talvez um simples molecote de aldeia, mas igualmente aventureiro. E Cecil tinha coisas maiores a considerar do que as tramoias e os truques baratos de Imbróglio, pois tinha um enigma a solucionar. Dois enigmas, na verdade, mas o que mais pesava sobre Cecil era a questão do azar e exatamente como o evitar. O cavalheiro misterioso tinha conseguido, e o gato dele tinha desistido e se aposentado. Mas por quê?

Enquanto Cecil ruminava e ruminava, seu estômago decidiu choramingar. Afinal, fazia um tempão que não recebia comida, e não podia ser culpado por reclamar. Bem enquanto a barriga amotinada roncava, o nariz captou um aroma de bolinho.

– Bolinhos frescos! – gritou uma velha muito enrugada, carregando um cesto diante do corpo. – Bolinhos frescos, quentinhos, os melhores da região!

Cecil, traído tanto pelo estômago quanto pelo faro, não pôde evitar olhar e dar de cara com a bruxa rugosa.

– Bolinhos frescos, meu rapazinho? – perguntou a mulher, que tinha um pouco de barba.

– Não, obrigado – respondeu o menino. – Não tenho dinheiro, apesar de o cheiro estar delicioso.

– Delicioso? Ora, esses são os melhores bolinhos que qualquer menino poderia comprar, e, se não estou enganada, você deve estar se perguntando por quê. Você talvez queira saber o que será que torna meus bolinhos tão especiais, não? Isso, meu rapazinho, é segredo, e a resposta é só minha.

– Bem – disse Cecil tristemente e para grande decepção de seu estômago –, sobre isso nem vale a pena discutir, já que sou pobre demais para comprar um.

– Ah, mas você pode ter um de graça – a mulher falou, com um sorriso genuíno –, com meus sinceros cumprimentos ao seu estômago. E, por falar nisso, você pode saber o segredo também.

– Muito obrigado! – respondeu Cecil, começando a mastigar.

Realmente, era o bolinho mais maravilhoso que ele já tinha provado.

– Sou eu que produzo, desde o comecinho – cochichou a mulher, piscando o olho bom, e, dizendo isso, se afastou e logo desapareceu na multidão.

Não é lá um grande segredo, pensou Cecil enquanto mastigava.

Daí, em uma compreensão súbita, os olhos do menino se arregalaram em uma revelação esmagadora. Da boca escancarada caiu uma migalha do bolinho no chão de concreto. E assim, em seu momento de maior desespero, Cecil Bean viveu um instante de espantosa clareza: ele teria de produzir a própria sorte, sozinho, desde o comecinho.

O duelo corria solto nos limites da torre, e Millikin precisava admitir que os dois eram equivalentes. Embora Millikin fosse maior e mais experiente nas artes da guerra, a paixão de Leek não era pouca coisa. Apesar de sua espada balançar loucamente, com pouca disciplina e pouca habilidade, ainda assim golpeava com força. Leek tentava atingir o gato preto muitas e muitas vezes, e Millikin só conseguia se desviar e se esquivar e saltar das escadas e do parapeito que cercava as muralhas da torre. Leek não se desviava nem se esquivava: ele só atacava dando seu grito de guerra.

– Por Cecil! Por Cecil! – ele berrava.

FUGA DA CARTOLA

Aos poucos, Millikin caiu em si: precisava de uma vantagem, de preferência uma injusta. Assim, abraçou a muralha da torre e girou uma argola de ferro. Enquanto Leek subia escalando na direção do inimigo, Millikin sibilou e entrou o portal, com o coelho logo atrás.

A dupla foi caindo por um poço de ventilação e aterrissou sobre uma locomotiva que, em alta velocidade, corria bem abaixo das rumas de alguma grande metrópole. O vento assoviava entre eles, e Millikin sorriu.

— Nossa batalha se desenrola agora para além do reino das sombras! E, com minhas garras e meus pés firmes, certamente sairei vencedor!

— Mas os pés de um coelho têm sorte! — retrucou Leek, balançando a espada. — Não importa em qual mundo você queira lutar, você há de receber o castigo que merece!

Antes, porém, de receber o devido castigo, Millikin saltou do trem para uma rachadura na parede do túnel. Leek saltou em seguida, em desabalada perseguição, e no fim se viu surgindo em um portal, de volta à torre dos gatos. Millikin estava girando a argola e entrando em uma nova portinhola, mas Leek era veloz como a luz, e agarrou o rabo de Millikin, até arrancando um tufo de pelo preto.

Roncando e mordendo, os dois rolaram como uma bola por um caminho de gelo, onde a neve se amontoava alta. Uma matilha de huskies que vinha passando foi pega de surpresa, assim como o esquimó dono dela, pelo duelo épico que de repente surgiu ali como que vindo do nada. Ao mesmo tempo em que os huskies uniam suas inteligências e seus doze latidos graves, os pugilistas rolaram direto para um banco de areia e passaram de volta para a Cartola.

Millikin pulou em outra portinhola, Leek poucos milímetros atrás, e eles caíram em uma fábrica, onde ficaram frente a frente. Os dois andavam e se desviavam em cima de uma esteira rolante preta, lâminas e grandes martelos descendo. Millikin deu um passo para o lado, escapando de uma prensa de dez toneladas, e arremeteu contra Leek, que escorregou e caiu. Porém, antes que a prensa o achatasse, Leek girou para a esquerda e caiu em um balde. Millikin logo saltou atrás dele, pois também o balde era um portal.

Agora, era Leek quem girava a argola de ferro e pulava no buraco atrás dela. Um temporal carregou ambos na enxurrada, e o par emergiu entre os cordames de um navio, que rodopiava feito um pião ao sabor do mar bravio.

– Meu pai era pirata! – gritou Millikin por cima da tempestade. – E hoje vou honrar a memória dele!

– E eu vou cortar fora o seu rabo com a minha espada! – gritou Leek em resposta, balançando-se em uma corda e segurando a espada com os dentes.

Antes, porém, que Millikin conseguisse pensar em uma resposta à altura, seu inimigo tombou dentro de um bote e retornou à torre.

Millikin sacudiu a chuva do pelo preto ao tropeçar chegando à Cartola e, pondo-se de pé, perseguiu Leek para dentro de uma nova portinhola. Mas ali Leek largou a espada e, em lugar dela, empunhou um bastão robusto. O gato preto avaliou as paredes finas do lugar, feitas de um belo papel branco, e pegou um par de tchecos, que passou a balançar com uma segurança sombria.

– Eu sou o septingentésimo septuagésimo sétimo filho de um septingentésimo septuagésimo sétimo filho

– disse Leek, dando com o bastão na cabeça de Millikin e gostando do barulho. – Os meus antepassados sempre buscaram se multiplicar, e eu sou o melhor produto deles!

– Apesar disso, hoje vou lhe ensinar uma lição de divisão, quando eu dividir seu corpo da sua cabeça!

E, dizendo isso, o gato recuperou sua espada e deslizou para baixo de um cesto. Leek pegou a dele e saltou atrás de Millikin, em uma perseguição frenética.

Uma senhora idosa acabara de se servir de um bule de chá de canela bem quente. Ela ligou o rádio em uma estação muito tranquila, que tocava música suave, e retirou os óculos de lentes grossíssimas para fazer uma pausa de descansar. Mas a seus ouvidos não chegaram os tons delicados que ela esperava, e sim gritos de grande calamidade, o estrondo de aço contra aço. Uma mancha de pelo se retorcendo passou diante de sua poltrona cor de rosa reclinável e, ao rapidamente recolocar os óculos no nariz, a mulher imediatamente se endireitou, alarmada. Porém, assim como tinha surgido, a mancha sumiu, desaparecendo com um clarão atrás do sofá. Depois de algum tempo, a senhora ousou respirar de novo e, por fim, bebericar o chá. Ela sempre tivera graves reservas em relação àquele sofá, embora fossem principalmente de ordem estética, mas de toda forma decidiu bani-lo, prontamente, para a garagem.

A portinhola seguinte ofereceu pouca oportunidade para combate. O gato preto e o coelho sujo foram parar em uma rua onde centenas de homens corriam, usando no pescoço lenços vermelhos brilhantes. Quando Leek e Millikin se viraram para ver a causa de tamanha pressa, o solo trepidou com uma fúria que quase se igualava à deles. Uma manada em debandada descia a toda na direção deles, e a dupla foi jogada de um lado a outro entre os cascos de touros que bufavam e perseguiam enlouquecidos aqueles lenços rubros. Millikin e seu inimigo saltaram juntos para a segurança de um barril e em silêncio passaram de volta para a Cartola.

Millikin ofegava ao chegar à torre dos gatos, e Leek se deitou, exausto, apoiado na espada.

– Você me dá um minuto – pediu o gato, com voz fraca –, e eu te dou um descanso. Assim que eu recuperar o fôlego, vou te dar um sono infinito.

— Estarei pronto quando você estiver — disse Leek, arquejando para respirar. — Espero por você de espada em punho. Mas, antes de atacar de novo, sombra das trevas, você deve se fazer uma pergunta e pensar bem antes de responder.

Millikin estreitou os olhos enquanto Leek, com a mão atrás do rabo de pompom, girava uma argola de ferro e dizia baixinho:

— Eu estou com sorte?

Assim que a portinhola se abriu, Millikin saiu correndo, segurando a espada à frente. Mas, quando o poderoso golpe se aproximava de Leek, o coelho deu um passo para o lado. Millikin passou voando por ele para dentro da goela da portinhola, escancarada para recebê-lo, e o pequeno Leek esticou a pata e afagou o pelo preto do gato, tal como sempre tinha afagado a bainha da calça de Cecil.

Quando a ponta do rabo de Millikin desapareceu no buraco, Leek sorriu e fechou a portinhola.

— Boa sorte, velho inimigo — ele desejou. — E que a gente nunca mais se encontre.

Millikin despencou da mochila de uma asa-delta, praguejando, cuspindo e sibilando de raiva pelo truque baixo de seu oponente. Trapacear era a especialidade dele, não de Leek, e o gato preto uivou enquanto caía, desesperado para voltar ao lugar de onde tinha saído. De repente, um telhado de palha surgiu logo abaixo dele, e Millikin tentou escalar o ar, sem nenhum resultado, e depois o atravessou com um estrondo.

PLOP

Millikin levou um instante para se recompor e farejar o ar. Brasas perfumadas queimavam em uma lareira próxima, e o aroma reconfortante tranquilizou a fúria de Millikin. Seu olhar vagou até uma mesa rústica entalhada, repleta de varas e redes. Por fim o gato se virou bem devagar e se descobriu aninhado em um colo.

O velho a quem o colo pertencia observou o gato por muito tempo.

Millikin tinha caído na remota e convidativa casa de um velho solteirão canadense que, depois de mais de quarenta anos manejando uma furadeira, tinha resolvido passar o resto de sua aposentadoria no interior do Norte, tentando pescar a truta arco-íris.

– Ora essa, isso sim é uma sorte inesperada – disse o homem, sorrindo. – Vai ser bom ter companhia.

O homem estendeu a mão, da qual Millikin, no primeiro momento, se afastou. Em todos os seus anos, ele sempre tinha evitado ser visto por humanos e, acima de tudo, ser tocado por eles. Porém, quando aquela mão se aproximou, Millikin por alguma razão se sentiu atraído e se esticou ao encontro dela, observando cada detalhe. Era calejada pelo trabalho árduo, forte e limpa, e trazia um leve odor de riacho. Nesse momento, pela primeiríssima vez em sua vida, Millikin teve suas orelhas docemente acarinhadas, bem ali atrás, no ponto exato.

ÊXTASE

O velho continuava fazendo carinho e agradecendo aos céus pelo novo amigo. Quanto a Millikin, todo pensamento sobre batalhas, torres sombrias e azar derreteram em seu coração. E, conforme aquele coração ia se sentindo cada vez menos triste, e ia cada vez mais rápido se enchendo do brilho rosado da simples satisfação, até a lembrança de um menino chamado Cecil Bean logo se enfraqueceu e se dissolveu para sempre. Agora, ele tinha um humano. E estava... FELIZ.

– Suponho que você gostaria de um bocadinho de truta fresca. – O homem sorriu.

E, quando Millikin se arrastou suavemente na direção da tigela que seria para sempre sua, ele suspirou de profunda gratidão. Ora, *aquilo sim* era terapêutico.

CAPÍTULO DEZ

Leek levantou a cabeça e observou a altura estonteante da torre e os infinitos portais que cobriam cada centímetro dela. Atrás de algum deles, seu humano e sua toca na casa de Cecil o aguardavam. Talvez levasse anos, ou até mesmo o resto de sua vida, para mergulhar nas profundezas de cada portinhola. Mas o coelho estava conformado com esse destino.

Até que escutou de novo o som aterrador de batalha.

Ao apurar os ouvidos, tentando vencer a espessura das muralhas de ferro da torre, ele escutou o impacto de uma pequena lâmina batendo em metal e, com isso, lembrou-se de Morel.

Morel, que tinha dado tudo por ele e pelo menino dele. Morel, cujo focinho rosado franzia de um jeito tão encantador. Morel, que naquele exato instante enfrentava a morte por aquele que ela amava.

"Eu não posso voltar para o Cecil", pensou Leek, "e o encarar nos olhos. Não sem a Morel, agora que eu sei que ela me ama. Porque, se meu menino será sempre meu orgulho, meu dever e meu melhor amigo, a Morel é tudo isso e algo mais. E qualquer sorte que eu consiga dar ao Cecil, mesmo que dada de toda a boa vontade, será vazia se ela não estiver ao meu lado".

– Não – ele disse em voz alta. – Eu não vou voltar para Cecil, nem para o mundo que tem sol, sem a Morel.

As portas da torre se abriram de repente, com o impacto da queda de alguma coisa enorme. O Turvo-Curvo girou uma vez, balançou meio zonzo e, soltando um gigantesco último pum de vapor, tombou com toda a força, cuspindo o piloto para os ares. O luar banhava a torre, mais frio e pálido do que nunca, e Leek saiu para se colocar sob a luz da lua.

A carnificina da guerra o esperava lá fora. Mil Turvo-Curvos estavam espalhados ao acaso, sem vida, seus corpos de ferro opacos e carbonizados, enquanto dez mil gatos mancavam por entre as sombras, gemendo e lambendo os machucados. Mais gatos chegaram, frescos e furiosos, sedentos por vingança contra as duas pobres almas de pé ali, esgotadas, mas desafiadoras, diante da porta da torre.

 Hamelin aprontou o arco para disparar sua última flecha, reclamando do saco por não conter mais nenhuma. Ao lado dele estava Morel, a guerreira do clã de Komatsuna, os olhos ainda cintilantes de orgulho e brilhando ferozes, em glória. Com a grande lança maltratada e carcomida, prova de seus grandes feitos, Morel mantinha posição e acenava para que os gatos se aproximassem.

 – Avancem, legiões da escuridão! Avancem e testem a minha lâmina! Pois, enquanto eu tiver forças, vocês nunca prenderão o meu Leek! Neste exato instante ele está correndo para o outro mundo, onde, sob o sol, nenhuma máquina de guerra pode segui-lo!

 – O seu Leek está bem aqui – uma voz soou atrás dela –, para lutar ao lado da Morel dele.

 Morel se virou devagar, mas com toda a convicção, para ver o pequeno Leek. E apesar de, no passado, ela ter revirado os olhos quando ele tentava desobedecer a ela, agora uma lágrima rolava e molhava o mais comprido de seu bigode.

– Nós não vamos aguentar muito mais – ela falou. – Mas ficaremos juntos, nosso trio de amigos, até o fim.

– Meu nome – disse Grande Imbróglio – é Grande Imbróglio. E eu sou um mágico muito famoso.

– Que legal! – gritou a multidão. – Hip, hip, urra para a mágica e seus mistérios!

– E agora – sibilou Grande Imbróglio – o show vai começar!

É claro que o show era qualquer coisa, menos mágico. Ao contrário, continuava sendo bem amador e óbvio. As cartas do baralho continuavam claramente adulteradas, e os compridos lenços coloridos que ele puxava da manga tinham um ligeiro cheiro de xixi. Bem antes que Grande Imbróglio chegasse à melhor parte, a plateia começou a protestar.

– Embusteiro!
– Charlatão!
– Vigarista!

– Enganador!

– Mijão!

Mas Grande Imbróglio já tinha ouvido tudo aquilo antes e sabia o que poderia calar aquelas pessoas. Ele apresentaria àqueles tolos seu precioso número de mágica.

– Silêncio!

Alguma coisa na voz de Imbróglio era tão arrepiante que até os homens de negócios mais importantes decidiram que era melhor simplesmente relaxar e guardar os comentários maldosos para os revolucionários moderninhos que dominavam as cafeterias.

– Para meu truque final, vou precisar de um voluntário da plateia.

Antes que qualquer pessoa conseguisse pensar em levantar a mão, Cecil Bean avançou e subiu no palco. Apesar de Grande Imbróglio achar que o menino parecia vagamente familiar, ele não conseguiu reconhecer o rosto. Assim, fez uma pausa e sorriu, esperando aumentar o efeito dramático, e lhe entregou a cartola.

– Ora bem, meu entusiasmado amigo! Eu tenho uma pergunta a fazer. Você diria, meu rapaz, que esta é uma cartola absolutamente normal? Você diria que nunca inspecionou uma cartola mais normal, em toda a sua vida?

– Não – disse Cecil Bean. – Eu não sou seu amigo.

– Não? Ah, não? Então, acho que você vai dizer também que ESTE não é um coelho normal!

E, dizendo isso, o homem tirou um coelho de dentro do casacão esfarrapado, segurando-o pelas orelhas. O coelho não tinha a menor ideia do que o aguardava. Tudo aquilo era altamente irregular, em sua opinião.

– Eu preciso produzir minha própria sorte, agora – Cecil cochichou para si mesmo.

Ao espiar para dentro da cartola e contemplar o forro vermelho brilhante, ele meditou sobre o segundo enigma, a questão da retirada do coelho.

"As respostas até dos maiores segredos estão, muitas vezes, bem diante dos nossos olhos, basta querermos enxergar", tinha dito o cavalheiro misterioso. Assim, Cecil olhou bem em frente, como tinha sido instruído, e acabou percebendo algo que não tinha percebido antes.

Era uma etiqueta, presa bem no fundo do forro vermelho da cartola, costurada como um selo antigo, do tipo que só os melhores chapeleiros usam. Em letras brilhantes de puro ouro reluzente, dizia assim:

Cecil encarava as letras. Imbróglio encarava Cecil. A plateia encarava os dois, esperando que alguma coisa acontecesse.

Cecil então gritou, em uma voz que se fez ouvir clara e forte por cima dos motores dos carros, e ecoou nos ouvidos de Imbróglio para sempre.

– MC HATTIE!

Leek baixou a espada, e seu queixo caiu logo em seguida. Os olhos de Hamelin se arregalaram, e Morel deu um grito de espanto. Até os Turvo-Curvos congelaram no meio do ataque, enquanto o exército das trevas levantava os olhos verdes para o céu.

Uma tempestade se formava acima deles.

Estendendo-se muito ampla e alta, mais alta até do que a torre, lá vinha uma tempestade, rugindo e rodopiando feito um bailarino. Porém, ao se aproximar, não deixava um rastro de destruição, como tempestades geralmente deixam. Não. Conforme se aproximava, nada ficava arruinado atrás dela. Ela não destruía raízes nem rochas. No entanto, enquanto Leek permanecia imóvel, hipnotizado olhando para o centro dela, ele poderia jurar que estava vendo pequenas figuras se sacudindo lá dentro.

Só quando a tempestade chegou às muralhas da fortaleza e agarrou os três companheiros foi que Leek entendeu o que eram aquelas figuras.

Eram coelhos.

Daí, precisamente seis segundos depois...

Os coelhos chegaram jorrando para fora da cartola como se fossem um gêiser. Primeiro um, depois outro, e logo todos os quinhentos membros do clã de Komatsuna saíram pipocando no ar, para se aquecerem no mundo que tem sol. E, quando o último dos coelhinhos finalmente surgiu, foi seguido, de um jeito

um bocado decepcionante, por um pequeno rato segurando uma flauta.

A plateia não soube muito bem como reagir àquilo.

Enquanto Imbróglio encarava Cecil e a horda de coelhos guerreiros que se reunia atrás do menino, ele prontamente se lembrou de seu pesadelo. Na mesma hora, largou o coelho que tinha em mãos, chocado e espantadíssimo. Dois coelhos especialmente ameaçadores deram um passo à frente e se colocaram ao lado de Cecil. Um deles empunhava uma lança horrível. E Grande Imbróglio, charlatão e embusteiro, imediatamente fez xixi na calça, pela segunda vez encharcada em uma única semana.

– E agora, como meu truque final – disse Cecil Bean, encarando Imbróglio com um olhar penetrante –, desapareça!

Imbróglio não precisava de incentivo. Ele correu como nunca tinha corrido antes, para fugir dos temíveis guerreiros e do bruxo que os tinha feito aparecer. Imbróglio correu por três países e chegou ao mar. Ali, ele subiu às pressas por uma rampa de embarque e entrou em um navio cargueiro, que na mesma hora partiu para a Patagônia, onde Imbróglio vive até hoje, com medo de coelhos e de mágica. Porém, graças a Cecil Bean, Imbróglio descobriu sua verdadeira vocação e agora é dono de uma empresa pequena, mas bem-sucedida, de limpeza de fraldas, que ainda por cima é ambientalmente correta. De modo que, veja só, até fazer xixi na calça pode ser sinal de sorte, de vez em quando. No caso de Imbróglio, foi a única experiência de emprego real que ele teve.

Cecil se virou para a multidão, que o observava perplexa. Ora, *aquilo sim* era um truque de mágica. Eis que, no fundão da multidão, um único par de mãos começou a aplaudir.

– Bravo! – disse o cavalheiro misterioso que era o verdadeiro dono da cartola.

Enquanto ele aplaudia, ia caminhando pelo meio das pessoas, que agora gritavam e batiam palmas e assoviavam em êxtase, tentando apertar a mão miúda do menino.

– A melhor mágica que vi em muitos anos – falou o cavalheiro misterioso para Cecil. – Você aprende rápido, meu jovem, e sem dúvida nenhuma vai se tornar um grande mágico. Até ouso dizer que você fica muito garboso com a minha cartola.

– Obrigado, senhor – agradeceu Cecil, ficando ligeiramente corado.

– Mas, por favor, conte-me: o que um menino como você vai fazer agora?

– Isso mesmo, senhor – confidenciou Cecil Bean –, é segredo.

– Muito bem – respondeu o cavalheiro misterioso. – Você está mesmo aprendendo. – E, dizendo isso, o cavalheiro sumiu em uma explosão de fumaça púrpura.

Então Cecil se virou para um coelho em particular, que saltou para seus braços e chorou de absoluta alegria. Leek tinha por fim encontrado seu menino e o afagou de alto a baixo com sua pata, para compensar o tempo perdido. Porém, enquanto ainda estavam abraçados, ele parou para ouvir o que Cecil estava cochichando.

– Você pode se orgulhar de mim. Eu produzi a minha própria sorte, desde o comecinho.

Leek recostou nos braços de Cecil, e o medo o invadiu enquanto encarava o menino. Se seu humano conseguisse produzir a própria sorte, teria pouca utilidade para Leek.

– Mas acho que funcionamos melhor em equipe. – Cecil sorriu. – Você vai me proteger, e eu vou proteger você… Pra sempre.

Leek refletiu sobre aquela possibilidade. Ele nunca tinha tido um humano da sorte antes.

E a ideia não parecia nada má.

A tribo do Rei Kadogo estava na maior azáfama, preparando uma cama bem quentinha de brasas. Em ocasiões especiais, você entende, as trufas gostam de se tostar um pouco antes de serem comidas. E aquela era uma ocasião especial. Pois o chefe tinha mandado que se fizesse uma grande festa em honra de Gordon, e ela ia acontecer na praia, às margens da Grande Tinta.

Os pançudos tinham acendido todas as tochas, e as trufas corriam de um lado para o outro no mais elevado estado de espírito. Dali a pouco, Gordon se arrastou para fora da selva, a coroa de vaga-lumes brilhando de alegria dourada. Mil trufas galopantes foram correndo na direção dele e saltaram imediatamente para dentro da bocarra. As trufas consideravam uma coisa maravilhosa serem comidas pelo

Gordon, porque as tripas dele produziam um tipo muito potente de fertilizante que era, além do mais, organicamente certificado. Gordon, por outro lado, estava mais do que feliz em fazer sua parte.

Enquanto os pançudos dançavam, os vaga-lumes piscavam e as trufas se aconchegavam nas brasas, Gordon e Kadogo observavam o grande mar escuro, que cintilava ao luar. Sentados refletindo, eles conversaram sobre os mistérios da Cartola e se perguntaram o que teria acontecido a Leek e à corajosa Morel. Porém, antes que pudessem chegar a uma conclusão sobre o destino dos coelhos e do rato, uma voz gorgolejou na água.

– Olhe só – disse o monstro marinho. – Por acaso isso aí é trufa tostada?

– É, sim – confirmou o Rei Kadogo. – E você é mais do que bem-vindo para se juntar a nós, se a colônia de trufas concordar em ser comida por você.

– Ora, eu adoraria comer alguma coisa, qualquer coisa, na verdade, desde que não seja nabo! – exclamou o peixe.

Os outros coelhos todos voltaram para seus respectivos humanos. Dali a pouco, só Leek, Morel e

Hamelin seguiam atrás de Cecil, atravessando os campos em direção à casa dele na colina. Leek sabia que logo mais o trio de amigos iria se separar, e que só ele ficaria. Morel tinha de ir cuidar de sua menina e não poderia demorar, pois esse era o dever dela. Leek não tinha como reclamar.

– Eu sei, Morel, que logo nossos caminhos vão precisar se separar – ele disse –, e que você precisa ir procurar a sua menina.

– Ela está aí adiante – respondeu Morel –, e, de verdade, dar sorte a ela vai me deixar feliz. Ela está me esperando em um vilarejo, onde mora em um apartamento no quarto andar.

– Ora, espere aí um pouquinho – pediu Leek, a esperança crescendo em seu coração. – Não vai me dizer que a sua menina gosta de chiclete de melão!

– A bem da verdade, ela adora – disse Morel, levantando uma sobrancelha para indicar sua dúvida. – Muitas e muitas vezes eu sonhei que ela estava sentada na sacada. Eu sempre soube que, enquanto torcia por dias melhores e reviravoltas de sorte do destino, ela estaria sem dúvida mascando chiclete enquanto me esperava.

– Puxa vida, mas que sorte!

E foi assim que os coelhos voltaram à aldeia de sua infância e assistiram, radiantes, enquanto Cecil fazia uma nova amiga. Muito tempo antes, aquela amiga tinha jogado um chiclete no cabelo de Cecil. Apesar disso, ela não podia evitar apreciar a bela aparência dele (que é uma forma complicada de dizer que ela gostava dele), e, no futuro, os coelhinhos ficariam bem felizes, seguindo de patas dadas os seus humanos, que passeavam de mãos dadas. A única coisa chata do namorico, até onde se sabia, foi que a menina precisou parar de mascar chiclete de melão, pois eles faziam Cecil espirrar. Agora, ela masca exclusivamente de uva.

Ao fim de sua longa jornada, que terminou bem para todos os envolvidos, chegou finalmente a hora de os coelhos poderem descansar. Mas, antes de irem para a cama, despediram-se de Hamelin.

– Meus amigos, queridos coelhos – ele suspirou, apoiando a flauta no ombro. – Um menestrel andarilho tem que andar. A estrada acena para mim mesmo enquanto estamos aqui conversando. Tenho novas músicas para tocar.

– Que a estrada seja sempre tão gentil com você quanto gentil você também é. – Morel beijou a testa dele. – Que todos os ouvidos se alegrem à chegada de Hamelin, menestrel, guerreiro e amigo.

– E veja lá se volta para cá de vez em quando – acrescentou Leek. – Você precisa conhecer a minha toca. Fica logo à esquerda do pé de acelga chinesa.

– Sim, voltarei, sem dúvida – disse Hamelin –, pois mesmo os andarilhos precisam ter um lugar para chamar de lar. E, se posso ser um pouquinho atrevido, direi que lar é aqui.

– Ora, vou preparar o quarto de hóspedes agora mesmo – disse Leek, sorrindo. – Com lençóis limpos, toalhas e tudo o mais.

– Então está combinado – concordou Hamelin, já mergulhando na noite. – Adeus e fiquem bem, doadores de sorte, e até breve, quando nos encontrarmos de novo.

Leek e Morel o observaram afastar-se e subir a encosta de uma colina. Hamelin se virou e acenou uma única vez e, com isso, o rato tinha partido. Leek suspirou, mas não de tristeza. Ele se virou para a coelhinha e a abraçou.

– Bem – ele disse –, e nós, o que vamos fazer agora?

Morel pegou a patinha de Leek e o conduziu pelo jardim, para a toca onde os dois iriam morar. Chegou bem perto dele, de um jeito que fez os bigodes de Leek estremecer, e sussurrou:

– Vamos nos multiplicar.